如果山知道

黃惠鈴——著

王淑慧——圖

名家推薦

黃筱茵（童書翻譯評論工作者）：

《如果山知道》運用了清新的敘事觀點，創造出一則關懷山林的綠色童話。阿立的山林奇幻旅程讓他更了解山的豐富過往與現在，也在認識了深邃的山林後，更明白自己心之所嚮的未來。作品充滿了自然關懷，以俏皮的少年視角與幽默的語調，描寫主角從成日沉浸在３Ｃ遊戲，到不由自主被大自然吸引、想要保護自然山野與各種生態的轉變。故事裡有許多有趣的段落，側寫阿立與動物們的相處與互動，也記錄了人在自然涵容下，受到的種種感動。這則故事讓你在歡笑間思索人類的立場與處境，以小寓大，值得細細體會與思量。

謝鴻文（林鍾隆兒童文學推廣工作室執行長）：

頗具企圖心的自然書寫佳作。寫實與幻想的故事合宜交錯，文字視覺畫面營造鮮明強烈，有觀看動畫緊湊的戲劇張力感受。

姑婆這個角色的刻畫尤其突出，天真浪漫，心純淨無私的守護山林與眾生靈，她彷彿巫女，具有魔法；又是兒童文學作家，想像力也有點石成金的魔力。其所作所為，隱約有向英國兒童文學作家《彼得兔》作者碧雅翠絲．波特致敬的意味，買一座山與自然萬物和諧共生，用最溫柔慈悲的心擁抱世界。

其次，故事情節裡包羅萬象的生態知識、保育觀念的精神傳承、土地倫理與人的牽絆……種種議題面向最終都歸順到順應自然法則，也得自然療癒而身心安定的祈求。主角們最後感知這一切「只有山知道」，既像一則自然的永恆警示，也像覺醒自然法則祕密後的智慧生成，含蓄奧義好似禪宗的傳法問道，渺渺高深，可咀嚼出餘韻。

目錄

1 離家出走

這一天又要到姑婆家吃飯。

姑婆一個人住在一間大房子，我喜歡去她家，她家有著跟圖書館一樣又高又大的書牆，還有許多稀奇古怪的物品，最有趣的，其實是姑婆這個人。

「她是我喜歡的大人！」

怎麼說呢？姑婆就是跟一般的大人很不一樣，至少跟我的爸爸、媽媽、老師、大伯以及身邊的所有大人都不一樣，她不會用大人的口氣跟我說話，許多大人，做事情、說話，都帶有目的性，會以利益得失作務實的衡量，心中沒有一丁點的單純；她既不會對我有過度的期待，也不會想從我身上取得任何祕密，和她相處，一點都沒有壓力。

她也從來不把我當小孩，彼此好像是朋友一般。

從她身上的裝扮到說話方式和行為，她根本就是一個身體看起來已經很老很老，可是內心還是很嬰兒的「假老人」。

姑婆總是拖著飄逸的洋裝或長裙，她的衣著上一定有蕾絲的裝飾；灰白的短髮，耳朵垂掛著誇張大的耳環，她笑起來總是超級誇張的大聲，情緒上大喜大悲，活脫是個無拘無束的老小孩。

我不知道姑婆到底幾歲，幫她過生日的時候，蛋糕上的蠟燭總是用問號，而且，她總是說她想要吃豬腳麵線，不想吃蛋糕。爸爸跟她說：「豬腳的膽固醇太高，別吃那麼多肉啦！」

這個時候，姑婆就會裝模作樣，似乎變成個三歲小娃似的，假裝又哭又鬧，直嚷著：「我要吃肉，我愛吃肉，給我肉……」

大伯比較貼心，他會順著姑婆的意，買了整大鍋的豬腳來討姑婆歡心。姑婆實在太愛大伯了，總是開心的把他緊緊抱在懷裡，說：「倫倫，我最愛你了！」

大伯私下跟爸爸說過：「她愛吃你就讓她吃，她想早點死，我們就順她的意啊！」

爸爸對大伯翻了白眼。

凡是有人告誡她，什麼對老人的健康比較好，她就偏偏做出顛倒的事情，反其道而行。

新聞上說：「老人要多補充維他命E！」

姑婆聽到了，就說：「我要吃維他命ABC，不要E！」

鄰居好心的提醒她：「吃肥肉會變胖，會得高血壓、高血脂……」

姑婆隔天就去菜市場買肉，她跟肉攤說：「肥肉多一點，豬腳也行。」

因為姑婆是長輩，爸爸拿她沒辦法，只能默默為她的健康窮操心。

大伯說：「她自己的命，不用管她。只要她到時候別拖累我們就好了！」

對了，姑婆是我爺爺的妹妹，爺爺過世之前特別囑咐大家，日後要好好照顧她。

我應該算是她很喜歡的小孩吧，或者她根本沒把我當小孩對待，所以跟她相處起來，我們兩個都沒有壓力。偶爾，她會傳訊息給我，要我陪她去做些她不想讓我爸或大伯知道的事，其實最常一起做的事就是吃吃喝喝，百無禁忌的大吃大喝。反正只要是姑婆找我，我爸或我媽都會無條件答應，每次收到姑婆的任務，都會讓我十分亢奮。

最最最重要的，其實是有一次，姑婆受邀到我們學校「與作家有約」擔任演講人，校長和老師們接待她的規格，就如同之前市長到我們學校來一般，她所寫的童話深受同學們喜歡，連我偷偷仰慕的章淳怡都是她的鐵粉；那一天，從來沒跟我私下講過話的章淳怡，突然過來跟我說：「我好喜歡她喔，沒想到竟然是你姑婆，我超羨慕你的！」

是姑婆拉近了我跟章淳怡的距離，章淳怡喜歡的，我當然會加倍喜歡。

這天，姑婆在網路上預定了一桌好菜，請大家過去她家一起享用。

大伯家跟往常一樣只有大伯一個人出席；他每次都說：「我老婆身體不舒服，我兒子要準備考試，我女兒要學才藝，所以由我代表出席。」他的說詞我們都會背了。

我們家倒是都全家出動。出門前，媽媽說：「反正都要吃飯，大家聚聚挺好的，而且我省得煮……」

到了姑婆家，網路預定的菜剛好送達，熱騰騰的，大家時間都算得挺恰好的。

姑婆從她廚櫃裡拿出珍藏的美麗骨瓷餐盤，爸爸說：「幹嘛那麼大費周章，打開吃就好了啊？」

媽媽瞪了爸爸一眼，突然變得跟姑婆異常的親近，說：「好菜就應該要用好的餐盤裝，吃飯也要吃得有品質啊！」

媽媽還沒說完，爸爸就用手肘輕輕碰了媽媽的手，小聲的說：「那等一下你要負責去洗碗喔！」

「蝦米？」媽媽忽然大叫了一聲，已經夾到嘴上的糖醋排骨都掉了下來。爸爸又改口說：「等一下阿立去洗碗！」

「為什麼是我……」這次換我口中的大蝦掉了出來，我也不想洗碗啊！

姑婆沒有絲毫的不高興，她用爽朗的聲音說：「我知道你們都不喜歡洗碗，我也不喜歡，所以我們都不用洗碗了。」

怎麼有那麼好的事情，除非用免洗餐具，要不，怎麼可能不用洗碗呢？可是現在我們明明用著姑婆精緻的瓷盤，怎麼可能用一次就丟棄，不用洗呢？

「我買了洗碗機器人了！」姑婆得意滿滿的說，她真的是對任何新鮮事物都很好奇、對任何新科技都想嘗試；當年，掃地機器人一出來，她也是搶先第一個買，現在又追流行，買了洗碗機器人。

有了這個好消息，大家都鬆了一口氣，心情輕鬆的大吃特吃。

「姑媽，那座森林和別墅是不是該賣掉比較好？」大伯突然在飯桌上拋出了一個提議。

「那森林還有房子跟你有仇嗎？為什麼要賣掉？」姑婆問。

「那裡地方太大、樹太多了，房子不像房子、樹又不像樹；就像人，越老越麻煩……，應該要趕緊解決脫手。」大伯低著頭滔滔不絕的說，他根本不想正眼看姑婆的臉。爸爸和媽媽被這突如其來的話都給嚇到了，大伯還是繼續說：「我認識一個開發公司，他們開了一個很棒的價錢……」

這桌好菜，好滋味全被大伯的話給破壞了。

◇　◇　◇

過了幾天，姑婆用LINE傳了一則訊息給我。

「我要離家出走，你要不要陪我……」

我從來沒想過要離家出走，可是這提議挺刺激的，勾起了我冒險的基因，根本沒有多加思考，我馬上回了姑婆一個流口水的貼圖，意思是我非常非常想參加。

跟姑婆約定好時間地點，我就帶著幾件換洗衣服，還有我的手機充電器；離家前，想起媽媽愛哭的臉，我還是在門口留下了一張紙條，上面寫著：「我陪姑婆一起離家出走了……」後來覺得這樣寫不妥當，又回頭將幾個字塗改成：「我陪姑婆一起離家出走去玩了……」時間太急迫，字很潦草，不過我猜想媽媽應該可以辨別。

◇ ◇ ◇

我跟姑婆先搭了火車，然後又搭了計程車，一路上，姑婆很安靜的看書，因為沒有人管我，我就大打遊戲，這樣的離家出走真是不賴啊！

下車的時候，前方的道路已經無法通行，茂密的樹叢間，隱約可以看到一條小路。

「姑婆，我來過這嗎？」對於這個地方，我一點印象都沒有，但是周圍飄散著淡淡的草香，聞起來又像是熟悉的味道。

姑婆沒有回答我，一下車，她背起了她自己的行李，也不要我幫忙，還身手俐落的將自己的蓬蓬裙立馬綁成束腳褲的樣子，然後一馬當先，往樹叢裡走去。我只能加快腳步跟上。

走了十幾步路轉了一個彎，前方根本看不到任何路的痕跡。

「太久沒來走動，連路都不見了呢！」姑婆彎下了身，鑽進了草叢裡，她還回過頭來把我翹起的屁股往下按，「你屁股翹那麼高，小心等一下褲子會被樹枝吃掉喔！」姑婆很冷靜的說，我聽了她的警告之後，倒是緊張得猛拉緊褲子。

接著，我們根本像狗爬式的匍匐前進。

「天呀，離家出走真是難啊！」我在心裡嘀咕著。

還好草叢路不長，爬行幾步就重見光明了，站起身來拍拍附著在身上的草跟土，抬起頭來，前方有一棟白色的小屋。

「哈，是姑婆的樹屋！」我當然來過，只是小時候來這裡度假的時候，車子是可以開到大門口的，現在怎麼會變得雜草叢生了呢？

「我們的基地到了！」姑婆雙手插腰，眼睛散發著一股奇特的神情，好像要幹一番大事的模樣，害我也趕緊將手上的東西放在地上，口氣很大的說：「誰怕誰啊……」其實，我心裡正在煩惱著：「神啊，這裡有沒有網路啊？」只是我沒說出口而已。

姑婆從袋子裡挖出了手機，然後輸入了幾串號碼之後，屋子的門打開了。

「是遙控器嗎？」我問。

「是智慧鎖，這棟房子全部都是用最新科技設計的，是一間智慧宅。」

雖然處在森林裡，但是卻是一棟現代化的屋子，甚至比都市裡的屋子更科技，「那應該有網路才對……」什麼科技對我來說都不重要，有網路才是王道。

我們進到屋內，這裡就跟一個住家一樣，有客廳、廚房、廁所，只是東西並不多，收拾得井然有序，客廳裡有兩張單人的大沙發，雖然很久很久以前來過，可能我太小了，對物件沒什麼記憶。

我馬上拿出手機測試網路，一看，真的沒有網路。不會要與世隔絕了吧？

「姑婆，這裡有WIFI嗎？」

「有啊！」

「快跟我說密碼！」

姑婆不疾不徐的，一邊將房子的窗戶全部打開，然後一邊想：

「密碼？」

「一二三四……或四三二一吧！……要不，就試試一一一一……」

為了WIFI的密碼，她一直想四個字的數串，我一直試都沒成功。

姑婆說她對數字很恐懼，完全記不起來，需要找看看有沒有記在哪個本子或紙條上了，可是我們都累了，決定隔天再來找。

睡覺前，我的心冒出了一點點後悔，「早知道沒有網路，我就不要離家出走了……」

◇◇◇

隔天一早，我是被吵雜的嘻笑聲給喚醒的。

帶著惺忪的眼，從二樓往下走。

從手扶梯上我看到整個一樓，都是人。

不，不是人。

他們都有著動物的頭，人類的手腳，應該不算是「人」。

「阿立，快下來！」今天的姑婆穿得比平常更誇張，全身上下都是鑲著蕾絲和水鑽的衣服。房子好像也被打掃過，整個煥然一新。

「智慧宅」按一個按鍵就會變乾淨了嗎？還是有打掃機器人呢？

「姑婆，他們是哪來的客人？」

「他們不是客人，他們才是這裡的主人。」

我聽得一頭霧水。

戴著熊頭的，他正翹著二郎腿坐在其中一張沙發上；戴著山貓頭的則在切水果；還有貓頭鷹頭，他把牆上呱呱鐘的灰塵擦乾淨，還調了正確時間；五色鳥頭翻看著相片簿，對著台灣藍鵲頭又打又笑。

看來，有可能是他們跟姑婆一起打掃過了呢！

此時，大門開了，門口的貓和兔子進門的瞬間，都化身為戴著動物頭、並具有人的身體的形貌，進門的貓頭跟兔子頭手上捧著一些菜。

「我們採了一些芝麻葉，還有無花果，等一下可以拌沙拉吃！」

「天啊，你就是阿立嗎？」兔子頭丟下菜籃飛奔到我跟前，整個把我抱了起來，還動手捏了捏我的臉頰，又撥了撥我的頭髮。拜託，我已經不是嬰兒了，很久沒有被人這樣又捏又抱的。

「太好了，你長大了！」兔子頭說。

經過他這麼起了個頭，大家開始喧嘩了起來。

「他還沒長得夠大，看起來有點弱……」

「他力氣夠強嗎？」

「而且他全身都是都市的味道……」

「味道倒是沒關係，等他愛上了這裡，身上的味道就會改變了。」

「吃了這裡的土地種的食物，在這裡流了汗，又泡泡這邊的溫泉，他就會變成這裡的人了。」

他們七嘴八舌的，好像都在說我，可是我完全聽不懂，我只是離家出走幾天，為什麼要變成這裡的人？難道我也會變成什麼動物頭的人嗎？聽他們越講、我越害怕，我摸摸自己的頭，還是比較喜歡自己現在的樣子。

「別嚇他了。他是個好孩子，不是那種只會死讀書的孩子。」姑婆竟然為我講話，但是她又說：「只是他太愛玩手機了……」

姑婆講到了手機，我想到上網尚未成功，馬上央求姑婆快去找她的密碼。

「阿立，手機交給我，我幫你設……」貓頭鷹頭看起來很厲害，我想都沒想就將手機從褲子的口袋裡拿出來交給他。貓頭鷹頭一手接住我的手機，就往自己的口袋塞入，然後拉著我，說：「走，帶你去探險！」

「對啦，對啦！他是需要訓練一下啦！」

「他離開我們的山太久了……」

我都還來不及反應就被貓頭鷹頭拉了出門，從大門傳來屋子裡此起彼落的建議聲。

◇ ◇ ◇

貓頭鷹離開了屋子，就恢復成貓頭鷹的樣子，「人」的身體就不見了。

他拉著我的手，把我整個人騰空的往前拉，我既不像走路也不像跑步，比較像飛騰，然後再觸及地上，接著又飛了上天。

儘管是這樣有點像被半拉扯似的跑步，我還是氣喘吁吁。

「奇怪，貓頭鷹不是夜行性動物嗎？現在大白天的，你怎麼會外出行動？」

「你沒發現我的步伐有些顛簸嗎？」貓頭鷹笑著說，「我們是晝伏夜出，白天會隱藏在樹叢、岩穴等不易被人發現的地方，但是今天大姐回來了，我當然要出來湊湊熱鬧。」

「大姐？」

「就是你的姑婆啊！」貓頭鷹終於在一處林間停下，他說：「她年輕的時候，跟著大哥，就是她的先生啦，他們在這個地方種樹，因為他們，我們才能擁有一個很舒適的居住環境，在這個地方很安心的生活。」

貓頭鷹像是想起了許多往事，滔滔不絕的說著。

我一直以為姑婆只是一位寫童話故事書的文學家，從來都不知道她還種樹。

「這一整片山都是大姐的……」大伯曾說姑婆很有錢，買東西從來不看價錢，我從來不知道她還買了一座山。

「大哥還在世的時候，他們幾乎都住在這裡。這座山，是他們的遊樂場。」

「他們在這個地方玩什麼？打獵嗎？」我好奇的問。

「他們不是那種把獵殺當遊戲的人，」貓頭鷹一邊講話，頭會二百七十度的旋轉，警戒的觀察著四方；他又說：「他們夫妻倆在山裡散步，清理會危害樹生長的雜枝，泡泡溫泉，傾聽森林裡動物們的煩惱……」

我第一次很近距離的看貓頭鷹，（其實我也沒有遠距離看過貓頭鷹啦），他棕褐色的羽毛似乎挺柔軟；看他的外表好像很嚴肅，但他講起話來很輕，一字一句的，感覺是位溫柔、有智慧的動物。

樹林間，有風穿過枝葉，涼涼的，很舒適。抬頭往林間上方的天空看，陽光從枝葉的縫隙穿過來，散發著閃亮亮的點，很像寶石串在上面。

不知怎麼搞的，我竟然在這一刻想起了章淳怡。

記得有一次下課時，我偷聽到她跟她的閨蜜說：「最近我跟我家人迷上了《ＭＩＴ台灣誌》節目，他們去走中央尖大縱走，酷斃了！那些在山裡的男人，都好帥、好厲害呢！」

山裡的男人，我現在這樣算山裡的男人嗎？

「呵呵呵！」想到這，我不自覺的傻笑了起來。

「喂，你在幹嘛？要不要我教你看這些樹的年紀？」貓頭鷹看我看樹看得很起勁，過來拍拍我的肩膀。

「我知道，看樹的年輪就可以了！」

「若是為了要看年輪，把樹砍下來，這樣，樹不就被你害慘了嗎？」貓頭鷹是智慧的象徵，他說的話果然挺有料的。

樹的中央部位，會有一輪一輪的圈圈，一輪的圈圈就表示一歲，也就是所謂的年輪。

「也可以用樹圍來作計算。樹圍就是樹的圓周，一棵樹每年大約會增加二・五公分的樹圍。」

貓頭鷹說樹木的側枝分枝愈多，就表示年紀愈大；枝幹綠色的部分愈多，就愈年輕。

我看了看四周，找了幾棵長得比較壯的樹，用雙手去環抱，測量他們的樹圍。

這是我第一次跟樹擁抱，身上都是樹的皮屑，還有小蟲附著在我衣服上，害我嚇了一大跳。貓頭鷹說：「別怕啦，並不是所有的蟲都是壞蟲，人類很奇怪，什麼都怕，會怕應該是你把他們想像成敵人了，其實人類才最可怕。」

經他這麼一說，我膽子好像有增強了一些些，開始放寬心的在森林裡亂跑。

我們在樹林裡玩得正開心，地底下突然鑽出了一個尖尖的嘴巴，他微微張了口，發出「噓！」的聲音。

貓頭鷹緊緊抓住我往後退了一大步，深怕我一腳踩到那隻地底的動物。

他緩緩的從地洞爬出，長長的身軀、尖尖的嘴，身上布滿一層又一層的鱗片。

「穿山甲，你怎麼沒去大姐家？」貓頭鷹問。

原來這就是穿山甲，我頭一次見到這種動物。

「噓，我剛剛發現山腳下有異常的事情發生，……」穿山甲神祕兮兮的說，然後，他發現我也正在聽，又止住了嘴，先問：「這個小人是誰？」

「小人，我怎麼會是小人？」我很生氣，竟然有人說我是小人？

小人的意思應該是指會害別人倒楣、心腸很壞的人才對。

「喔喔，對不起啦，我口誤啦，我是要說『小孩』，一時緊張啦！」雖然穿山甲作了解釋，我心裡還是有一點懋。

「他是大姐的姪孫子，別擔心，他的心跟他的臉蛋一樣可愛。」貓頭鷹對他解釋，並追問：「有什麼不對勁嗎？」

「一早來了一大群人，每個人都對著我們的山指指點點，我覺得一定有問題。」

貓頭鷹一聽，覺得事態嚴重，決定一起偷偷跟著穿山甲去到他說的地方，躲在林間高處一探究竟。

遠遠的，我們看到了大批的人，還有挖土機……

「是我大伯！」我看見人群中間，那位一直比手畫腳的人，大聲的喊出。

貓頭鷹當機立斷，決定要趕緊回姑婆家通報大家。

◇◇◇

本來晚上是要開夜光晚會的，大家被這突如其來的消息搞得烏煙瘴氣，歡樂的氣氛全都被冰凍了起來。

大家都在屋子前方的草地坐了下來，月光很明亮，照得大家都看見彼此難過的臉。

「不用猜也知道，一定是我那貪心的大姪兒，他一直想要趕緊繼承我所有的財產……」姑婆嘆了長長的氣，說出了心裡話。

「不要給他。」

「壞人。」

「他沒有理由這樣做啊……」

大家七嘴八舌的，都想向那可惡的人吐口水。動物頭們因為太生氣了，他們幾乎都露出了原形，失去了人的手腳。

「大姪兒吃東西的時候，一看到高級的、他愛吃的，筷子一下子就對準，毫不留情只夾到自己嘴裡，從來沒有關照過別人……」原來姑婆一直都在觀察著，姑婆感嘆的說：「他只愛他自己，我不放心……」

「不懂得愛人的人，怎麼可能愛動物……」

「他是自私的人！」

「我們不喜歡這種人，不要讓他來。」

「這裡是大姐的，不是他的……」

大家情緒高昂，心裡既擔憂又憤慨。

姑婆無奈的說：「他一直盼望我早點死吧！」

黑熊大刺刺的身軀突然站了起來，他直挺挺的走向姑婆，緊緊的抱住了她，真情流露的大聲喊叫：「大姐，你不可以死！」

他這麼一說，雖然是說出每個人的心聲，但也實在是太直接了，大家都愣住了。姑婆聽了倒是笑了出來，說：「我不是還好好的嘛！」

夜色總是帶來了憂鬱，原本的七嘴八舌突然沒有了接續的聲音，這寂靜，就更令人鬱卒了。

姑婆心有所感，輕輕的說：「能活，誰都不想死啊！」說著說著，她就哭了。

姑婆的眼淚傳染了其他動物，也散播到森林的每棵樹，風吹起了他們的眼淚，一點一滴，像露珠般的眼淚越聚越多，唰啦啦的宣洩而下，在姑婆的腳邊匯成了湖。

我不知道該怎麼辦，憂傷是一種會傳染的病，來得快、擴散得更快，我好像也被感染了。

◇　◇　◇

森林，病了。

樹木流太多的眼淚，失去了水分，乾乾枯枯；動物們一直咒罵、火氣太大，口乾舌燥、無精打采；姑婆一直坐在「眼淚湖」上，感染了濕氣，發著高燒；而我，跟網路隔絕太久，已經超過我的極限，渾身也不舒暢。

「離家出走真不好玩……」我開始焦躁了起來。其實我滿擔心姑婆的，她現在看起來好蒼老，而且還病了。

平常的我，儘管沉溺在網路的虛擬世界很不真實，儘管在遊戲裡

打打殺殺，可是那些都不會讓我的心情起伏那麼大，不會讓我那麼真實的感到無力與無助。

「鈴……鈴……鈴……」

什麼聲音啊？才沒幾天，我竟然把自己手機的鈴聲給忘了，是我的電話響了。

「咦，有訊號嗎？」沒有網路，電話倒是通的。我還在猶豫要不要接電話，動物們聽到來自人類的聲響，馬上作解散的動作，各自飛快的躲進森林裡了。

「喂！」來電顯示是媽媽。

「你玩得很愉快吧？完全不想媽媽了嗎？」媽媽劈頭就開始謾罵，我的耳朵都快廢了。

「等一下啦！」我大吼了一聲，媽媽才止住了聲音，這應該是我第一次對她發出這樣的吼聲。

「你們快來，姑婆發高燒……」

救護車到來時，大伯帶來的開發隊也跟著救護車開了進來。

「姑姑，你怎麼了？」大伯假惺惺的問。

「我快死了……」不知道姑婆是神智不清，還是故意這樣說，她的聲音虛弱，著實令人擔憂。

「阿立，阿立……」姑婆上救護車前，揮著手叫我，「你要跟動物們好好相處……」

我握住她的手，直點頭。

「什麼動物？」大伯緊張的問。

「魔鬼啦，這裡有很多魔……」我說。

然後我故意跑到前方對著樹林大喊：「魔頭們，你們不用擔心，我帶我姑婆去看醫生，下次再回來跟你們玩。這裡交給你們照顧囉！」

開發隊的有錢人和大伯，一直問我到底跟誰在講話，聽到「魔」字，嚇得不知所措，每個人都想趕緊離開此地，開發案與測量的圖全都散落一地。

◇　◇　◇

從醫院回家之後，我才覺得累。躲進房間，我連手機都不滑了，直接蓋上被窩好好睡覺。

夢裡，也吹著有草香的味道。

在樹林裡，微微的月光灑著，穿過樹梢，像晶瑩剔透的珍珠。

我和姑婆、爸爸、媽媽，還有動物們，跟著螢火蟲跳舞；姑爺爺和爺爺蹲在一旁種樹。遠遠的，我們看到有個小男孩膽怯的在哭，姑婆叫他：「倫倫，過來一起玩呀！」

「我怕……」小男孩說。

「哥，你怕他們，他們才會怕你呀！」爸爸叫那小男孩哥哥，莫非他是大伯的童年？

爸爸繼續說：「我們一起跟山作好朋友吧！」

姑婆沒有強迫小男孩非要加入我們不可，小男孩繼續獨自在一旁待著，沒有人知道別人心裡到底在怕什麼、在想什麼，他只能自己去學習跟自己的恐懼商量。

我們繼續跳著舞，沒有人說話，螢火蟲像音符，點綴了這場舞會，山，很寧靜的活著。

2

種樹的六汗會

七天了。

這七天姑婆乖乖待在醫院，醫師說她高燒不退，必須先做細菌培養，才有辦法辨別是得了什麼病，知道病症才有辦法對症下藥。我的姑婆，她平常並不是醫師叫她乖乖躺著就會聽話的人，但是這回在高燒的情況下，意識時常顯得模糊，當然也就無力作什麼抗爭了。

這幾天，我大睡特睡，跟姑婆出一趟門好像費盡了我一整年的力氣，需要補眠，也需要好好消化這些特別的經歷。

媽媽的好奇心一直發作，從我回家後，總是一直追問：「你怎麼都沒讀LINE？」

我已經回答她：「沒網路、還沒找到WIFI密碼……」她說她不信，因為她非常懂她的兒子，她說：「你沒網路怎麼活啊？」

雖然我還是個孩子，但是我深深理解我媽，最好別跟她說太多森林裡的事，憑她的腦袋和生活經驗，應該聽不懂我在說什麼，而且，她可能會嚇到。

脆弱的大人，最禁不起沒經歷過的體驗，腦袋會將所有沒經歷過的事情，自動格式化，嚴重一點的，還會自動、馬上、立即，將那些特殊的事情與怪力亂神、危險畫上等號。

我當然非常享受回家，扮演獨生子的優渥生活，天底下再也沒有比窩在舒適且熟悉的狗窩更自在的事了，尤其，家裡的網路暢通無比，躲在被窩裡，進可攻，退可守，萬一爸爸或媽媽進我房門，我還能假裝在閱讀課外讀物，或是聽音樂呢！難怪人家說，金窩銀窩都比不上自己的狗窩。

雖然我沒生病，當然也沒發燒，可是連續幾個晚上，我都做了一樣的夢。

夢裡，我和章淳怡、姑婆、爸爸、媽媽，還有動物們，在森林裡玩耍，章淳怡還跟我手牽手一起奔跑呢！

早上鬧鐘響，我都很不想醒，因為一覺醒來，夢就會消失了。

如果我不曾去過森林，如果沒有與森林裡的動物們一起互動過，也許我不知道他們都是活的，也或許我根本忽略了一直存在的他們是活的，是有生命的。

對於這個世界我們有許多的忽略與不在意，因為這些無感或視而不見，其實是一件很殘忍的事情，就像大伯那樣的大人，對於那些對他而言沒有感情的事物，砍伐了樹，取得大片土地開發，他只在意當下的利益取得，他難道不清楚森林裡有許多活生生的動、植物嗎？他應該是知道的，只是他並不想去與他們接觸，不想與他們有連結，那也就不會產生任何感情了。

電玩裡的叢林野戰遊戲雖然刺激，可是那哪能比得上我在活生生的森林所經歷過的經驗呢！

在森林裡，你曾經仔細的去看過樹嗎？樹的肢體非常奇特，並不是只有筆直的軀幹，不同的樹，有不同的婀娜多姿，風吹過來，搖曳動人。我觸摸樹的軀幹，有的地方有粗獷的樹皮，有的地方細緻無瑕。

貓頭鷹帶我看過其中一棵老樹，老樹是百年的原生老樹，在老樹的中間枝幹上，竟然有一棵不同種的桑葚樹，他說，應該是山裡的喜鵲吃了桑葚，排的糞便正好掉落在老樹軀幹上的小樹洞裡，桑葚籽找到一個合適的生長環境，就長了出來。

這桑葚樹的根部深深的扎在老樹的軀幹中，雖然不是同一種樹種，竟然可以融合在一起，桑葚樹汲取著老樹的營養，老樹無私的哺育著桑葚樹。這就是森林裡無比有趣的生態，活生生的大自然，既驚奇又有生趣。

這七天雖然我已經回到有網路的世界了，任憑訊息一直叮叮咚咚響，遊戲戰友們不停歇的呼喚，每次，我跟網友對打了一下下，就覺得無聊，意興闌珊。虛擬的遊戲畢竟是虛擬的，他們哪能理解我在森林中，所觸摸得著、聞得到的原始冒險氣味，還有那些動物們神奇與活靈活現的模樣？

電玩打得再好，也不見得能顯現與眾不同，也不會吸引章淳怡的青睞。

於是，我每天都期待趕緊天黑，可以早點上床睡覺，可以在夢裡與大家相聚。最好，姑婆趕緊好轉，我想跟她再次離家出走。

◇　◇　◇

假日一早，我竟然接到姑婆的電話。

「阿立，你能幫我回森林一趟嗎？」姑婆的聲音聽起來有點陌生，可能是太虛弱的關係吧，一點都不像她平常說話的聲調！

「好，好，好！」我連續說了三個好，而且是超級大聲的回應。

我自己都被自己果斷的回應給嚇到了，難道不怕進去山裡，網路又斷線嗎？

我摸摸自己那顆跳躍的心，整個心臟雀躍到快飛奔而出，深信自己應該有得到姑婆的某些遺傳，雖然只有千分之幾的分量吧，一旦冒險的基因被挑起，似乎就會加倍的、快速的加乘，擴大到自己都無法掌握。

「我等一下將大門的密碼給你……」姑婆說。

雖然姑婆看不到講電話的我，她慢慢的說，我在電話這一頭就猛點頭。

姑婆先交代要找幾樣東西，還有告知她圍巾可能掉落的地點，以及動物們的幾件祕密。為了怕忘記姑婆所交代的事，我隨手撕下客廳桌上一張廣告紙，立馬寫下關鍵字：密碼鎖、圍巾、純白羽毛、陶罐、木鑰匙……，還在紙上畫了大概只有我看得懂，也有可能我自己都看不懂的簡易示意圖。

姑婆說：「阿立，只能拜託你了！」雖然我看不見姑婆的表情，但是想到她在森林哭泣的模樣，我內心裡那個男子氣概也就無畏懼的挺身而出了。

「誰打的電話？」老爸在一旁好奇的問，「你幹嘛那麼興奮！」

「好什麼好？」老媽也好奇的問。

他們倆連珠炮的發問，打斷了我的筆記，我抓起了紙，就往口袋裡塞。最重要的，是姑婆交代，找到的東西不要交給爸媽，當然更不能交給大伯，必須直接拿到醫院給她。

「是姑婆，她說要我去一趟別墅拿她的圍巾，沒有那條圍巾，她睡不好，病就不會好。」掛了電話之後，我輕描淡寫的跟爸媽這麼說。

「她幹嘛不打給我，幹嘛叫你一個小孩去做？」爸爸覺得狐疑。

「姑婆有時候就像個孩子，沒有圍巾會睡不著，那是她的嬰兒睡覺被嗎？」媽媽說。

「睡不著影響病情，這很嚴重，還是去幫她拿吧！」爸爸說。

「上次因為是我跟她一起去，我知道她東西落在哪裡了，所以叫我去拿！」我實在太佩服我的臨場反應了，連這都掰得出來，忍不住自己偷笑了一下。

「我開車載你去吧！」爸爸說。

「對呀，總不能讓他一個人跑那麼遠，我不放心。」媽媽說。

看來我是拗不過他們了，其實我沒自己獨自搭過火車，還真有點害怕，有爸爸載也挺好的。

只是，我提醒自己，什麼可以說，什麼不能說，在車上嘴巴要緊一點。

還有，爸爸究竟對那座山了解多少呢？這是我很好奇的部分。

章淳怡，你的英雄要出發了！

◇◇◇

一路上，爸爸的心情極好，他把車上音樂開得極大聲，自己也跟著開懷唱著歌。

看來，沒有媽媽同行，爸爸似乎挺開心的。我摸一摸口袋，確定紙條有帶著，此刻，這紙條就像我的平安符一樣，帶著使命，要我勇往直前。

「不過是去拿條圍巾，你幹嘛看起來緊張兮兮的？」爸爸轉頭看了看我。

「糟糕！」我在心裡嘀咕著，我怎麼那麼矬，怎麼連那麼粗心的老爸都能看得出我的心思呢！

「沒呀！」我把手伸進口袋，觸摸著紙，讓自己平穩的回答。

「我們父子倆好久沒有一起出門了，」爸爸一邊開車，一邊說，「你媽負責去醫院，我負責載你到山上，難得兵分兩路。」

「醫院為什麼不能叫大伯去？應該讓他負責去照顧姑婆啊！」我也不知怎麼了，想到大伯的行徑，心情就大不爽，覺得他根本就是「可惡」的大人。

「你姑婆看到他心情會好嗎？」爸爸聲音也突然提高了八度，好像還不小心誤踩了煞車，車子因此還頓了一下。

「竟然偷偷想變賣姑婆的山……」我想到他帶著怪手在山腳下的模樣，聲調忍不住也提高了。

「他就是被慣壞了，」爸爸帶著不屑的表情，準備好好細數過往，索性將音樂都關了，他繼續說：「他是長孫、大兒子，所以大家都把他當寶！」

「所以他一直認為所有的都是他的嗎？連姑婆的，他都想要占為己有嗎？」我突然激動的將頭往前座伸，冷不防被爸爸直直給推回後座。

「你給我坐好，車子行進中，很危險！」爸爸回頭瞪了我一眼，「你別給我出什麼狀況，你媽會把我殺了……」

我們倆聽到「媽」字，立馬正襟危坐。

爸爸一向對他的大哥很崇敬，嘴裡吐出的批評，大不了就是「很過分」、「太離譜」這類的用詞，如果是我媽，她就爽快多了，鐵定不管三七二十一，就事論事的好好批他一頓。

「我也好久沒去山上了⋯⋯」爸爸突然幽幽的說。

「聽說我小時候你們經常帶我去，為什麼後來都不上去了呢？」我問。

「以前你爺爺和姑爺爺還在的時候，大家確實經常去。」爸爸說。

「爸⋯⋯」當我自己吞吞吐吐吐出一個字的時候，我自己就知道，我的嘴巴管不住我的心，腦中那個探險符號即將蹦出，我很小聲的問：「你認識動物頭們嗎？」

「什麼頭？」爸爸問。

「你在山裡有遇到什麼奇怪的動物嗎？」我搗著心，企圖讓自己的心別竄得太猛。

「有啊，山裡的動物很多啊！動物的頭都長得很奇怪呀！」

聽到爸爸這樣輕描淡寫的回答，我猜想他大概跟我想的不太一樣。

「喔！」既然他沒懂「動物頭們」，我還是不要把他當同夥看待比較恰當。

記得姑婆在電話裡，用很虛弱的聲音特別跟我說了一句話：「大人太複雜，不用跟他們講太多！」我摸摸口袋裡的紙條，提醒自己似乎還是小心點好。

車子開到了別墅側邊的空地，停了下來。

當時為了讓救護車可以駛進來，動物們在我發出求救訊號後，大家提早齊力將前面路上的雜草與樹枝清除開來，事隔沒幾日，這條路徑還是算寬敞好走的。有爸爸開車來，我也不用從山下走上來，相信很快就可以將姑婆交付的任務達成，真是天助我也。

我趁爸爸停車後，還在對森林作深呼吸動作的時候，趕緊跑到門口，拿出紙條對著密碼鎖輸入。

「幾號？」爸爸突然從我身後冒出。

可以讓爸爸知道這房子的密碼嗎？我忘了問姑婆，既然沒問，這當然也就算祕密的一部分了，那就得保護好才行。

「我用就好了，你走開啦！」我用袖子遮著紙條，故意叫爸爸讓一讓。

「純白？」爸爸突然冒出這個關鍵字。

糟糕，他看到了嗎？

一慌，我的紙條掉落地上，被爸爸撿了起來。

「這紙寫得亂七八糟，是你的字？除了圍巾，還有什麼嗎？白圍巾嗎？」爸爸還在研究，我一把想搶了過來，可是急忙中，紙被撕成兩半，一半在我手上，一半在爸爸手上。

爸爸的那一半，剛好是屋子的密碼，還有「圍巾、純白」這幾個字，以及一部分的簡圖。

爸爸像個剛搶到新玩具似的小孩，興沖沖的按著密碼鎖，門開了。

「好久沒來了，這裡變得更舒適了呢！」爸爸馬上就跑去坐在其中的一張大沙發上。

我學著姑婆當時進屋後的動作，先打開了屋內的電源總開關，然後將四周窗簾開啟，窗戶也都敞了開來。

「阿立，別開呀，我們等一下就要回家了，開了還要收！」爸爸明明正享受著微風吹來的舒適，怕收拾麻煩的他跳了起來，阻止我繼續。

「姑婆說屋子要通風，」我是按著姑婆的指令，一邊說、手還是一邊動，「你就坐在那邊當度假吧，我會收的！」

「哇，有兒子真好耶！」爸爸聽了好樂。

他果然開始很悠哉的躺著，跟在家裡沒兩樣，看到沙發馬上舒服的攤平在其間。

我找到客廳壁爐上的陶罐，在陶罐裡找到了純白羽毛和木鑰匙，我把木鑰匙放在口袋裡，然後將純白羽毛拿到閣樓上，打開了閣樓上的窗戶，將羽毛插在窗櫺邊的木椿上。

在閣樓裡，我看到牆上好多的相框，相框裡有好多不認識的人，應該都是陳年的老相片。

我在心裡細數著，一件一件將姑婆所交託的事辦妥，該是出門去找她的圍巾了。

依照姑婆的說法，她的圍巾應該是掉落在「眼淚湖」附近。當時，她一直坐在那邊哭，動物們圍繞著她，可能起身的時候，圍巾不小心掉在那兒了，也有可能被風吹離了。

「咳……咳咳……咳……」客廳傳來了爸爸的打呼聲。

這是個好機會！爸爸的度假模式已啟動，沙發魔咒生效。我輕手輕腳的走到他身旁，企圖將那半截紙條收回。

沙發座椅上沒有，他手上沒有，桌上沒有，門口沒有……那一定

是在口袋。

我憋著呼吸靠近爸爸，用食指和拇指輕輕的拉開他上衣的口袋口，竟然沒有。

爸爸動了一下，張開眼問我：「要回家了嗎？」

我被嚇到了，馬上逃離現場，跑到門口，遠遠的跟他說：「還沒好，我出去找圍巾！」

◇　◇　◇

就像怕打草驚蛇似的，我急急忙忙、慌張的奔出屋子，直直衝往森林。因為衝得太快，自己的腳不聽使喚，踉蹌了幾回，最後還被一塊石頭絆倒，動力加速度，連翻了幾翻，跌在樹與樹之間的縫隙中。

「唉呀！」我忍不住哀呼了起來，手肘擦傷了，應該是被地上的石頭給劃傷的。

我用手指頭沾了自己的口水，輕輕的在傷口上點了一下，突然想起這應該不是正確的方法，馬上又往褲子將口水擦掉。這才發現木鑰匙掉落在地，還剛好穩穩插入土堆中。

我把木鑰匙撿拾起來，仔細端詳；這把木鑰匙，是全木作的，還隱隱約約聞得到原木的香味。

環顧四周，這是個完全陌生的景象。

基本上，我對這座森林實在太陌生了，當時，貓頭鷹帶我，移動的速度很快，我也沒特別記得路線。

姑婆在電話描述的，我以似懂非懂的方式記下；我取出那半截的紙，原本就是隨手記的圖與文字，現在又少了一半，辨識度更是挑戰了。

紙上，屋前有三條路，一條是車子可以走的，兩條是步道的路。距離車道比較遠的左邊那條路，一直往前，有一個蓄水池，我剛剛直直跑，沒有看到蓄水池。

如果沒有蓄水池，我就跑錯了，可能跑到中間的那一條步道了。但是也有可能是我太慌張，中間衝太快，所以忽略了蓄水池。

「唉呀！」我懊惱的打了自己的頭，忘記手肘有傷口，超級疼。

「豬腦袋，豬腦袋！」手不能用力抬起打頭，我就開始咒罵自己。

「稀嗦……稀嗦……」

除了我自己的聲音，我似乎聽到前方有其他的動靜。

對於這座森林，其實我並不恐懼，因為我知道，這裡的動物與樹，都是我姑婆的好朋友，他們也會是我的朋友的。

我拍拍屁股站了起來，追蹤聲音往前。心裡祈禱著：「希望是貓頭鷹，穿山甲也行，只要是姑婆的朋友，誰都可以……」

我與聲音越來越接近，「稀嗦……稀嗦……稀嗦…………」

我往坡坎下望了望，撥開前面的草，不是我認識的動物。底下是一個階梯狀的山坡，坡上有五個男人正彎著腰不知在做什麼。

「應該不是大伯的開發隊吧？」我先沒發出任何聲音，心裡閃過幾個可能的念頭。

當下，我又開始冒出了恐懼感，森林跟這兒的動物不可怕，但是人，人才是令人恐懼的麻煩呢！

那五個男人看起來很像大學生，有的人正在挖坑，有的合力搬運著小樹，每一條階梯坡道上，都放了幾株小樹，那些小樹的前端都像一粒球狀，以網子包覆著。

他們用鏟子挖洞，再徒手將土剝開。

「小三，你們搬一株過來，這裡可以了！」拿著鏟子的男人招喚著其他人。

我心想，怎麼會有男人叫「小三」，實在太好笑了，我忍著，沒笑出來。

看來他們不是在開墾，而是在種植。

他們動作熟練，移動小樹到坑洞後，將網袋拆除，把球狀的底部埋入土堆中。

「要確保整個泥球都不會露出表面，才能提高樹苗的存活率喔！」

「匡啷……」糟糕，我的木鑰匙又從口袋掉了下去，直直落在他們視線焦點中。

他們發現了我。

「嗨！」我尷尬的站了起來，擠出了一個很矯情的笑容。

那位叫小三的男人揮手回應我。

「你一個人？」

「怎麼會在這兒？」

「手受傷了？」

他們連珠炮的問了我好多問題，我只回答：「我迷路了！」然後一直裝乖、傻笑著。

「我帶他回去擦藥，這裡交給你們了！」那位叫小三的男人摸摸我的頭，對其他人說。

「你可以自己走嗎？」他又問。

我點了點頭。他脫下手套，拿起一個水瓶，就示意我跟他一起走。

這裡的山景相當陌生，樹木不多，路面都是土石，坑坑洞洞。跟我姑婆別墅前的山長得不太一樣。

我們來到一處像臨時搭建的山屋，屋前，有位綁著兩條又黑又粗的辮子、穿著吊帶褲，但吊帶褲上布滿蕾絲的女生，她正生著火，燒水。

女生聽到我們的聲音，對著小三猛揮手，興高采烈的樣子。

我看到她的臉以及裝扮，驚訝得說不出話來。

「簡直就是我姑婆的模樣嘛！」我自己跟自己嘀咕著，但是她的模樣是比姑婆還要年輕四、五十歲，心想：「難道她是我姑婆的親戚嗎？」

「林卉，這小男生受傷了，你幫他看看吧！」小三叫那女生林卉，「林卉」明明就是我姑婆的名字啊，她怎麼也叫這名字呢？

「姑婆……」我脫口叫了出來。

那女生聽到了，咯咯咯笑個不停。

「什麼婆，我都還沒嫁人呢？」女生一直笑，一邊笑一邊拉我到山屋前的廊下坐著，問：「你叫什麼名字啊？」

「我叫阿立。」我一邊說，一邊想，她不認識我，應該是我自己想太多了。

「痛嗎？」林卉拿出一堆我沒看過的藥水，幫我消毒和塗藥。

那鮮黃色的藥水，直直滴在我傷口上，刺刺的。

「小山，剛剛這小孩叫我姑婆耶！」林卉對那男孩說。

「你們可能有緣吧！收起來以後當乾兒子好了！」那男人說。

「大哥，請問，你為何會被叫『小三』？」我實在太好奇了，忍不住提問。

「是『山』不是『三』，請捲舌。」那男人一本正經的回答。

「喔，對不起，我想應該不會有人叫小三，實在太難聽了。」我說。

「為何難聽？」

「小三的意思是指第三者，破壞者……」

「沒聽過！」像姑婆的女生和那男人相視一笑，彼此都聳了肩，對這名詞表示陌生。這實在就奇了，這年頭，誰會不知道「小三」這個詞呢？莫非，他們不是現代人？還是，難道他們不是人？

我偷喵了一眼，確定他們有影子，聽說鬼就沒有影子，所以他們不是鬼。

「等他們把那幾棵流蘇種下，我們就吃午餐休息一下吧！」小山說。

「等流蘇長大了，嫩葉可採來當茶，四月又能賞雪！」林卉說。

「四月會有雪？」我又好奇的問了。

林卉很有耐心，她告訴我，流蘇是古老的低海拔落葉性植物，數量非常少，長大的樹高可達十公尺，枝條為開展狀，樹冠展開成傘形。嫩葉可當茶的代用品，又稱為「茶葉樹」。四月的時候，流蘇開花，花通常為純白色，遠看好像積雪，所以又有「雪之花」之名，也有淡黃或極淡的粉紅色花。

小山手一刻都沒閒著，他搬了一些大塊的木頭，砍成小條狀。

林卉跳下長廊，回頭跟我說：「你在這坐著，我得工作了。」

我看看這四周，是一座好像沒有電的木屋，前方還有一座導水的竹管，屋前堆了很多木頭，還有大大小小的工具。

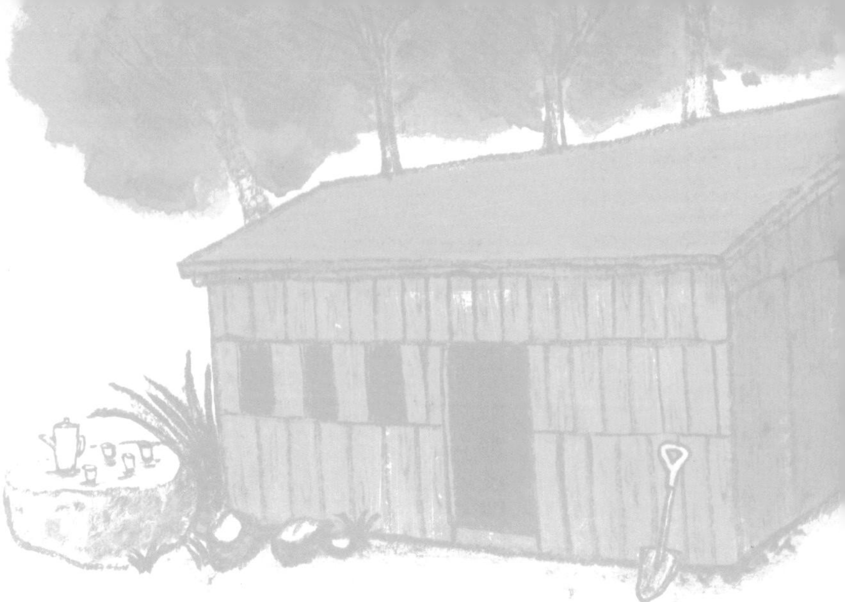

他們在屋前生起的火上，合力架起了一個大鍋。他們兩個很有默契，像是很好的朋友，很協調的互相支援

著。

「留在這跟我們吃飯吧！」林卉說。

我摸摸肚子，還真有點餓的感覺了，馬上回答：「好啊，好啊！」

沒過多久，其他四個人汗流浹背的走回來了。

「我們把樹埋進土裡後，一起在上面踩踏，還插入三根竹竿、敲入土中，再用棉繩將竹竿與樹木綁好，以免颱風來時，把樹苗給吹倒了。」其中一位滔滔不絕的說，他們樣子挺狼狽的，看來是花了不少心力在工作。

「小孩，你還好嗎？」有一位用他都是泥巴的手摸了我的頭，他渾身的汗臭味，簡直要

把我薰昏了。

「他叫阿立，」林卉向大家介紹我，繼續說：「他叫我姑婆耶！我突然當婆婆了。」

其他三個男的，立馬整齊劃一的排成一列，對著林卉行禮，一起大喊：「姑婆好！」

大家都被他們給逗笑了。

我，稍稍放下了戒心，這些人，既不是鬼，看起來也不像壞人。

他們幾個人一直很熱絡的，跟我說了他們的許多事。

他們五個男人加上一個女生，是大學登山社的同學，因為太喜歡山，畢業後，就在近郊的這座山打造一個聚會所，合組一個「六汗會」，「六」就是六個人，「汗」就是立志要為這座山流汗，種樹服務。

「會，就是代表我們都很會！」用泥巴手摸我頭的那男人又故意補上了一句。

他們用當地廢棄的木頭與石塊，慢慢的拼拼湊湊，在這裡搭建了一個臨時山屋，林卉特別糾正說：「是山屋，不是木屋。」

「我們在這裡種樹！」小山哥說。

這個地方，許多原生樹種被砍伐，「砍一棵樹很容易，要長成一棵大樹卻很難！」

低中海拔的山，其實林相非常豐富，可以說是樟科及殼斗科植物的天下。海拔五百到一千五百公尺為樟櫟林，隨著海拔增高，殼斗科植物的比重也就跟著上升，成為常綠櫟木林帶，常綠櫟木林常與樟櫟林混生。

「什麼是殼斗科植物？」我問。

「殼斗科又稱山毛櫸科，」小山哥很仔細的為我上了一課，「殼斗科的殼斗是最大特徵，果實統稱為『槲果』。果實發育階段，外圍有一層具保護作用的『殼斗』。殼斗外生有尖刺或鱗片。」

「像黑熊喜愛的青剛櫟就是屬於殼斗科植物！」林卉舉了一個我終於聽得比較懂的例子，她又說：「殼斗科果實就是動物的堅果，是動物蛋白質的主要來源，是獼猴、飛鼠等野生動物的主食，但被人為過度採集，加上生長的棲地減少、氣候變異，野生動物的食物會越來越短缺。」

所以六汗會不僅是為了森林而種樹，也是為了動物們的食物，為他們建立「大地餐桌」的概念，我不禁豎起了大拇指。那些原本覺得超臭的汗臭味，突然間也不覺得嫌棄了。

準備吃飯時，林卉發現沒有我的碗筷，馬上請小山哥為我製作。

小山哥在木頭堆裡，找到一棵有樹瘤的木塊，用刀雕琢一個凹槽，做了一個湯碗，然後還為我削了兩支筷子。

拿著現做的碗筷，趁還沒裝上飯菜時，我聞著碗筷的味道，充滿木頭的原始香味，都捨不得用了。

這特製的碗筷如果帶去學校，同學一定很羨慕吧，章淳怡說不定會很崇拜我！這是山裡的男人專用的呢！

大家將火堆前那一大鍋湯菜搬到中間，一起席地而坐；熱騰騰的一大鍋，其實也沒什麼好料，但是大家都吃得津津有味，簡單的食物都變成了山珍海味了。

吃過午餐，大家或坐或躺的，在廊下休息。

這是我第一次那麼悠哉的仰望著天空，樹林間傳來嘰嘰喳喳的鳥鳴，是天然的交響樂無誤。

小山哥以為我對樹很有興趣，一邊喝著剛泡的咖啡，一邊跟我說了樹的祕密。

他說，其實樹跟人很像，有的樹也有「樹媽媽」，媽媽會保護幼小的樹，直到樹自己能獨立；但是像樺木，他天生是個單打獨鬥的獨行俠，完全不需要樹媽媽的照顧，生長期的前十年，平均每年以一公尺的速度向上抽高，在這個成長階段，他會完全不准許其他樹種阻礙自己生長，靠著下垂又有彈性的枝條，不停的抽拍其他樹木的樹冠，讓其他樹上層的樹冠無法生長。

「那樹會交朋友嗎？」我問。

「樹有夫妻樹，也有朋友樹。」林卉說。

兩棵樹若要結交朋友的時候，小枝椏間會相互推伸，故意碰觸對方一下；較粗的枝幹上形成的大樹冠為了不干擾同伴，只會往外側生長。彼此會很友善的體貼另一方。如果遠遠的觀察這兩棵樹，他們看起來就會像結為一體的一棵樹，也像一起白頭偕老的終生伴侶。

如果我們為了讓其中一棵樹得到更多光線而砍伐其中一棵樹，另外那棵樹會因為失去了互相支撐的夥伴而生病，接著病原菌將從交錯的殘餘樹根侵入，導致原本還健在的另一半，也無法存活。

但是相對的，相親相愛的夫妻樹若其中一方離開，健康情況較好的一方，會繼續關照另一半，他會靠細嫩的根帶傳送糖分與養料，讓伴侶發育不良的殘體繼續存活。

「下次在闊葉森林漫步時，可以仔細找找看，有時候可以在一塊看似長滿苔蘚的石塊中，看見樹的殘幹，還存著生命的氣息。」小山哥說。

「我看你們兩個就像是夫妻樹！」一位假寐的大哥，突然說了這句話。

林卉跟小山哥聽到也沒生氣，一副隨便他人怎麼說都行的態勢。

「樹其實很有脾氣的，而且很膽小！」小山哥繼續說。

當樹木遇到驚嚇，他們會變矮，或者生長速度就會變慢。如果這個地方，過度開發，三番兩次不斷的被破壞，樹會對這個土地絕望，然後就會放棄而不再成長。

「你們怎麼懂那麼多？」我簡直對他們太崇拜了。

「我們很喜歡彼得・渥雷本（Peter Wohlleben）所寫的《傾聽樹語，潛入樹的神祕世界》這本書，我們每個人都把他書的內容背得滾瓜爛熟，奉為聖經呢！」林卉說。

「你家不會在這山裡吧？這座山應該沒有住家才對！」其中一位男人突然問我。

「我迷路了！」我誠實的回答。

「對了，」一個男人拿出了我的木鑰匙，「是你的吧？」

沒錯，剛剛滾下坡，一緊張，我都忘了。

我接過木鑰匙，要放進口袋。

林卉看到那木鑰匙，突然伸手過來，「是什麼？我看一下！」

我不想讓別人隨便拿姑婆的東西，尤其，姑婆特別提醒，這把木鑰匙絕對不能離身，更不能讓他人拿到，我趕緊將木鑰匙放進口袋。

「那不是……」林卉話沒說完，對小山哥看了一眼，小山哥似乎也受到了提醒，抓住了我的手。

事出突然，我不知他們要幹嘛，對他們起了疑心，第一個念頭就是不想讓別人碰姑婆的木鑰匙。我站起了身，快速的往森林跑去，只聽到他們在山屋前七嘴八舌的喊：

「別跑啊！」

「回來呀！」

我一直跑，一直跑，完全顧不得分辨方位，一時也忘了他們熱情友善的招待，不分青紅皂白的直想逃離現場。

其實他們根本沒有追我，我跑了一會兒之後，停下來往回看，後面除了茂密的樹蔭，只有自己還沒跟上的喘息聲。

我直直躺在樹叢間，成「大」字型的躺著，仰望著天，聽著自己心臟蹦蹦蹦的聲響。

現在應該是正午，太陽正烈，但在樹林裡一點都不覺得熱。上空中，樹枝與樹枝交錯，有點擁擠又有點疏密，就像剛剛小山哥說的：「樹跟樹之間，是很有禮貌的！他們不會故意去侵犯別人，彼此的枝葉互不接觸、也不會交叉重疊，彼此在最高層的樹冠之間有條明顯間隔，樹冠之間形成細細長長的間距，這個現象稱為『樹冠羞避』。」

六汗會的成員，他們都像有禮貌的樹，而我卻是如此莽撞、無禮。

心裡琢磨著，到底要不要走回去跟他們道歉，但是，他們為何要看我的木鑰匙呢？木鑰匙如果被他們拿走，那就糟糕了，我就是擔心，所以才莫名其妙的趕緊逃離。

才與他們分開，我就開始想念他們了。他們應該就是章淳怡會欣賞的那種男人吧！

我從口袋裡拿出木鑰匙端詳，紙條也從口袋順勢掉出。

我想起躺在醫院的姑婆，她說她每晚都要抱著她的圍巾才睡得著，生病又睡不著，病怎麼可能會好呢？現在最重要的，我得趕緊找到她的圍巾才對。

紙條上的地圖，看來是完全無用了，因為姑婆當時說的步道路，我根本完全搞不清楚哪條是哪條，現在在森林裡面，更是無法辨別。

「最好的方法就是先回別墅，從別墅再依照紙條上的路徑走……」沒人可以商量，我只能相信自己的直覺了。

我起身、檢查一下地上有沒有遺漏的物品，再摸摸口袋，確認木鑰匙有在。

但是我應該往哪邊走才對呢？

如果捨棄掉剛剛跑來的那一邊，那裡並不是別墅的所在，那當然就是再往前前進了。

章淳怡，我會證明我是很勇敢的！

3 只有山知道

樹林裡真的很難分辨東西南北，但是我至少明白一個道理，沿著比較清楚的路徑走，應該比較安全。至少，清楚的路徑，有可能是經常有人走動過才對。

走著走著，我突然很想唱歌，應該拿出手機找一首適合一邊走一邊唱的歌。

我摸另一邊的口袋，沒有。我竟然沒帶手機。

「一點都不像我！」我對自己產生了懷疑，手機簡直就是我最麻吉的朋友，我竟然有把它遺忘的時候。應該是打開閣樓上窗戶放羽毛時，放在窗邊或陶罐前了。

這陣子我到底學會了一件事，那就是他們老人家常說的：「隨遇而安！」

沒手機，歌還是可以自己哼唱的。

「想閉上眼睛，投身於回憶……我不願忘記……絕望之時，響起……」我一邊唱著《鬼滅之刃ED竈門炭治郎之歌》，腦中浮現了電影的情景，炭治郎為了幫助變成鬼的妹妹找到復原的方法，踏上了斬鬼之旅的故事，而我，此時此刻為了協助姑婆盡快痊癒，踏上了尋找圍巾之路，看來，一樣是值得千古流傳的英勇之路啊！我絕對能成為章淳怡所欣賞的男人，想到這，我不自覺的大笑了起來。

「哈哈……」

突然，一團東西從我側邊急閃了過去，速度之快，完全看不清楚是什麼，我還以為是箭呢！

我停住了腳步，回頭四處張望，這次沒有太大的驚嚇，看來是「鬼滅」，不，是章淳怡給予我的力量。

我想繼續哼唱，那團東西卻又衝了過來，這次力氣之大，直直朝我猛撞，害我滾下了邊坡。

「唉呦喂呀！」剛剛受傷的手肘，再次著地，鮮黃藥水的顏色配上新流出的鮮血，顏色實在太鮮豔，但是痛啊！

我的木鑰匙又掉出口袋，在我眼前滾動，這回，我一把就趕緊撿起來。

撞我的到底是什麼，我一定要揪出這個肇事者。

因為邊坡有點陡，我一隻手受傷，無法使力，靠著單手與腳，怎樣也爬不上原本走的路。

「不如走回山屋找六汗會！」與其被困在不知去向的地方，我想，還是回去找他們比較安全。

但是現在，任憑我怎麼走，就是與之前印象中的山景不同。

我看著頭頂上的太陽，有點心灰意冷。

「爸爸總該睡醒了吧？」我離開屋子那麼久，他應該會出來找我吧？

心底深處，我突然有了這個念想。

走著走著，看到前方隱約出現了建物的身影，「是姑婆的別墅！」

我連跑帶跳開心的奔了過去。

正當要輸入密碼鎖的時候，我發現這個鎖頭不是電子鎖，是用一般鑰匙的鎖頭。

「奇怪了！」早上來的時候明明還是電子鎖，我在開鎖時，還叫爸爸走開，不讓爸爸知道密碼。

我揉了揉眼睛，確認自己不是眼睛糊了，我故意往後退了幾步，再看看我有沒有認錯房子，沒錯，是姑婆的別墅沒錯，我再次轉動了門把，結果裡面的人正好將門打開。

「小朋友，你怎麼一個人到這裡呢？」開門的，是一位理著平頭的中年大叔。我覺得他很眼熟，突然驚叫出：「爺爺！」

屋子裡的人聽到了我的叫聲，全都跑到了門口。

一位小男生將我用力推開，說：「他是我爸爸，不是你爺爺！」

「倫倫！」我對著那男孩叫了出來，這不是夢裡那個愛哭的大伯嗎？

「你怎麼知道我的名字？」小男孩手叉著腰，生氣的問。

這個時候，另一個小男孩過來握著我的手，說：「他的手肘受傷了！」

「阿德、倫倫，你們讓一讓，我看看！」那個很像我爺爺的人說。

他叫那位小男生「阿德」，我爸也叫阿德耶！

爺爺、倫倫、阿德，怎麼回事，我又再度揉了揉眼睛！

「是小山回來了嗎？」屋子傳來了一位女生的聲音。

這聲音聽起來我也覺得很熟悉。而且，她提到了「小山」。

當那位很像我爺爺的人領著我進屋時，我看到了那女生的背影，穿著蕾絲襯衫加上吊帶裙，吊帶裙上也滿滿是蕾絲，而且，綁著兩條辮子。

「姑婆！」我情不自禁的對那女生喊了。

「不准你亂叫，她是我姑姑！」倫倫又過來推了我一把，我跌坐在椅子旁。

因為太痛了，我嚎啕大哭了起來。

「哥，你別欺負他啦！」阿德過來擋在我前面，企圖為我解圍。

我又痛又激動，忍不住對他喊了一聲：「爸……」聽到我口中吐出的字，所有人都笑了。他們以為我痛到哭爹喊娘了呢！

他們把我安置在椅子上，連珠炮的問了我好多問題：

「你一個人？」

「怎麼會在這兒？」

「手怎麼受傷的？」

我不敢實話告訴他們，「我猜我可能掉進了平行時空，我是他們家裡未來的孩子……」如果我這麼一說，他們可能會以為我是神經錯亂了，而且我可能會被那個叫倫倫的男孩揍幾拳，他的眼神自始至終都帶著殺氣，所以理智告訴我，我只是輕描淡寫的回答：「我迷路了！」然後一直裝乖、傻笑著。

「不知道你有沒傷到頭，別亂動的好，」我的爺爺很親切，給人一種很安定的感覺，「我幫你塗塗藥，你先在這裡待著！」

「好，爺……」我眼睛有瞄到倫倫，他的眼神一直不懷好意的關注著我，我還是不要隨便再亂叫比較好，「好的，謝謝您！」

「你叫我林爸爸吧！」爺爺為我解了圍，並介紹「倫倫」和「阿德」，讓我們三個人握了手。

「我叫阿立。」我介紹了自己的名字。

「歡迎你！」阿德很友善，眼睛跟長大之後一樣，帶著無邪的閃亮。他還把他正在吃的烤地瓜分了一半給我。

我不知該如何形容自己此刻的心情，眼前的阿德，是個大概八歲的小孩，何其有幸，我竟然與我自己的爸爸的童年在此相遇；何其奇妙，我親眼見到年輕時的爺爺與姑婆，但是我卻不能與他們相認。

我在屋內的椅子坐著，客廳的樣貌與現在不太一樣，除了壁爐是我所認得的物件，整個房子空蕩蕩，四處堆放著雜物，有好幾把鋤頭、鐮刀、鏟子，以及大大小小的木塊、枝條。

我在心裡推算，這應該是房子剛蓋好，還沒裝潢的時代。

但是別墅的主人是姑婆的先生，我的姑爺爺（我還記得姑爺爺不准我們叫他姑公公，他說姑公公聽起來很像太監，他很正經的糾正了我們幾次，表明他不是太監）。

「這是山裡自然生長的柚子，你吃吃看？」年輕的姑婆剝了幾瓣柚子給我。

倫倫迅速奔過來，一把搶了過去，說：「這是我的！」

「哥，你不要覺得什麼都是你的好嗎！」阿德又從倫倫手上將柚子搶了過去。

兩個兄弟搶成一團，柚子掉在地上。

「唉呀，姑姑要生氣囉！」年輕的姑婆手插著腰，眉頭深鎖，整個臉都漲紅。

聽到她的怒吼，兩兄弟稍稍停下了爭鬧。這時，爺爺過來緩頰：「倫倫，你的在那邊，別跟客人搶，乖！」

爺爺好疼他的大兒子啊！簡直是溺愛嘛，難怪大伯一直都很霸道。

「阿立，你好點沒？」阿德過來拉了拉我的衣服，像個貼心的弟弟般，他問我：「要不要跟我去找我姑丈？」

「你姑丈在哪？」我問。

「他去巡山，應該在樹林裡！」阿德說。

樹林裡，那我正好可以去找圍巾；而且，我也想會一會我的姑爺爺。

我從椅子站了起來，很謹慎的摸了摸口袋，確認木鑰匙和紙條有在。

看我站起來後，阿德很開心的過來拉著我一起走向門口，他對屋內的人說：「我們去找姑丈喔！」

倫倫本來正吃著柚子，他也將柚子擱著，假裝若無其事的跟在我們後頭。

出了屋門，我眼明手快的環顧了前方的路，阿德拉我往距離車道比較遠的左邊那條路一直往前。

我心想：「沒錯，往前應該有個蓄水池！」這條路正是我想去找圍巾的路。

走著走著，沒看到蓄水池，但是有幾個大型水桶在路旁。

「會不會還沒蓋蓄水池？」心裡開始冒出許多問號。

「你有姑丈嗎？」阿德問我。

「沒有耶，」我先是這樣回答，但馬上又說：「可是我有姑爺爺！」

「我的姑丈很神喔！」阿德邊走邊講，一副對姑丈超級崇拜的模樣。

「是喔？」我故意裝傻，其實我是聽過不少姑爺爺神奇的事蹟，而且在他過世前，他是最疼我的；想到這，突然還滿想念他的。

阿德滔滔不絕的對我說，他的姑丈從年輕時就在這座山種樹，現在一部分的樹已經長得很高大，為了保護這座山，姑姑拿她獲得童話大獎的獎金買了這座山。最近，姑丈蓋了這棟房子，他說要讓姑姑在這裡安心寫作，也讓大家可以在這裡學習跟山一起生活。

他說的這些，其實我早就知道了。我在心裡偷笑：「我爸小時候真是可愛啊！」

「姑丈今天要做清除的工作。」阿德說。

「那是什麼？」我問。

「同年齡的樹，需要適度的計畫砍伐，維持養分與空間……」阿德正說著，倫倫突然故意從我們中間走過，打斷了他的話。

「你是我弟弟，不是他弟弟，」倫倫過來將阿德拉開，並且生氣的將我推開：「你到底是從哪冒出來的？」

我想到大伯帶著開發隊要來破壞森林的模樣，簡直就是鴨霸大王，怒氣也衝了上來，不管我眼前的他是誰，我也用力的回推了他一把。

「原來你從小就是這副模樣，真令人討厭。」我仗著他現在跟我一樣是孩子，不是長輩，真想狠狠修理他一頓。

「你們幹嘛了？」我們身後傳來了一個男人的聲音。

「姑丈！」倫倫喊了他，並且跑到他身旁撒嬌。

「在山裡面吵架，山裡的動物都會取笑你們喔！」小山哥，喔，是年輕的姑爺爺說。

年輕時的姑爺爺真是帥氣，他的穿著跟在六汗會時差不多，格子襯衫加上綁腿的褲子，腰肩上掛著一堆工具，全身上下滿滿都是泥巴。

天啊，原來小山就是我姑爺爺，那麼我剛剛到的山屋、遇到的六汗會，應該是另一個平行時空囉！

「哪裡有動物？在哪裡？」倫倫聽到動物，嚇得緊緊拉住姑爺爺。

「人類才是世界上最恐怖的動物！」阿德笑著跟倫倫說。

「山裡到處都有動物，」姑爺爺不知道是故意，還是就很直接的對著我們說：「森林和動物息息相關，保護森林，就是對野生動物的保育與維護。這裡的生態非常豐富，當然有很多動物。」

「有野生動物？」倫倫聽了更加的害怕。

姑爺爺說，台灣的森林多已遭受開發與迫害，但是仍然有二分之一以上的土地覆蓋著森林，天然林是野生動物最好的場域。而台灣處於亞熱帶及熱帶地區，氣候穩定，再加上溫暖而多雨，植物豐富複雜，造就了多樣性的環境及資源，成為各種動物賴以維生的食材，野生動物也蓬勃生長。

「我要回台北，我不要住在山裡！」倫倫又開始無理取鬧了。

看到他這個樣子，我實在很想跟姑爺爺坦承，叫他和姑婆要小心，這個孩子長大後，是不會懂得愛惜森林的。

「你是誰？怎麼會在山裡？」姑爺爺正想跟我說話。

「啊！」阿德的尖叫聲驚動了林間的鳥群，隨即劈哩啪啦的聲響響起。

正當我還沒會意過來，就看到阿德摀著腳，他喊著：「蛇……」

姑爺爺一聽，立馬把他抱起，飛快的往山下衝去。

倫倫也緊跟在後。

我跟在後面對著他們大喊：「怎麼了？」

倫倫跟在後頭一邊跑、一邊抓著一條像蛇一樣的東西，一邊亂喊：「他快死了！」

隱約中，我聽到姑爺爺好像一直追問：「是被蛇咬了嗎？」

蛇？那蛇為何會被倫倫拿在手上呢？

在這同時，我瞥到旁邊林間，是姑婆的圍巾。

我停下腳步，轉而去將圍巾撿起。等到我拿起圍巾端看，其他人已經無影無蹤了。

「爸爸不會死吧？」我猶豫著要不要跟著再去追他們，心裡浮現一絲難過。

我自己安慰著自己，既然他後來有長大，既然他還結婚生了我，那就表示他應該不會死的。

看著林間慢慢沒有陽光，天色已慢慢轉暗，我想起了別墅裡的爸爸，還有等著需要圍巾的姑婆，心頭念著：「我應該要趕緊回家！」

究竟，阿德的傷口是如何痊癒，倫倫是否一直懼怕森林，看來，只有山知道了。

4 三月的那一場雪

爸爸在別墅舒服的睡著，睡眠是他假日最好的休閒娛樂，無論身在何處，能坐一定坐，能躺當然就躺，能睡，當然要大睡特睡了。

等到爸爸睡到自然醒的時候，一看手錶，「三點！」爸爸自己都被嚇了一大跳，急忙起身。

「阿立，你肚子有沒有餓扁了？」爸爸帶著心虛，在屋內呼喚著阿立。

屋子裡沒有任何回音。

「會不會他也睡著了？畢竟我們是父子嘛，他也是愛睡蟲……」爸爸在屋子裡到處呼喊，都沒看到阿立的影子。

他把整個房子都翻了過來，就是找不到阿立，阿立竟然不見了。

爸爸衝到門口，對著林間大喊，喊到自己都聲音沙啞了，依然沒有任何回應。

爸爸用自己的手機打了電話給阿立，阿立的手機響起，爸爸追著響聲來到閣樓，只有手機在閣樓。

爸爸慌了，他硬著頭皮打電話給阿立的媽。

話還沒開口講，爸爸就哭了：「我把兒子搞丟了！」

媽媽也緊張了起來：「怎麼會將那麼大的孩子搞丟了呢？」

在醫院看顧姑婆的媽媽，完全顧不得形象，發狂似的對著手機亂吼亂叫；聽到阿立不見的消息，姑婆倒是很氣定神閒的。

「你快去報警？」媽媽很緊張，叫爸爸趕緊報警找人。

「沒關係啦，山會保護他的。」姑婆在一旁冷靜的說。

「姑姑，你別鬧了！」媽媽對姑婆很大聲的回嘴。

「把電話給我！」姑婆沒有生氣，緩慢的對媽媽說。

媽媽將手機遞給了姑婆，雙手不停的搓揉著，心裡急得要命。

「阿德，你到閣樓上，看看窗櫺上有沒有插著一根純白羽毛？」姑婆說。

「有，我正在旁邊！」爸爸回答。

「你把羽毛拿在手上，對著窗戶外面大力的揮舞……」姑婆很鎮定的指揮著，爸爸也很聽話的照做。

「再揮個十下就將閣樓的窗戶關上。」姑婆繼續說。

爸爸很快的揮了十下，又問：「然後呢？」

「然後掛了電話後，你就下樓。」姑婆話一說完，就將電話直接掛斷。

媽媽在一旁非常懊惱，想再回撥，卻被姑婆制止。

「您是巫婆嗎？」媽媽可能太著急了，竟然口無遮攔的對姑婆這麼說。

「我是啊！」姑婆沒好氣的回。

聽到姑婆這樣的回應，媽媽瞠目結舌，完全不知該說什麼了。

◇　◇　◇

看著天色變暗，我往別墅的方向走，心想：「不會又跑進哪個平行時空了吧？」

如果可以，我其實還滿想跟爸爸的童年多相處一些時候，他在童年時，感覺比較快樂、話也較多；我也挺想跟長大的自己相遇，不知道自己長大後會變成怎樣的大人？但是這似乎不是我可以自己選擇的。

「喂，你該回家了！」林間，突然冒出一個身影，地底下也突然鑽出了一個尖尖的嘴巴，他們分別從空中跟地上對我發出聲音。

「嗨，貓頭鷹，嗨，穿山甲！」我興奮得叫了出來。

「看來你迷路了！」貓頭鷹說，「還好穿山甲找到了你。」

「你爸發出了求救訊號，是台灣藍鵲通知了大家！」穿山甲說。

「他怎麼會？」雖然我剛剛跟他的童年相遇時，他小時候還滿靈光的，但是以我對他的了解，他不太可能懂得對動物發出求救才對。

「應該是你姑婆教他的啦！」貓頭鷹說，然後他突然抓緊我的手，又說：「木鑰匙別再掉出來了！」

經他這麼一說，我立刻摸了摸口袋，確定木鑰匙安然在口袋中。

「那把木鑰匙是一把時光機，一旦與森林裡的土地接觸，就會產生巨大能量，開啟時光旅程……」貓頭鷹看我摸不著邊，直接這麼跟我說。

「太神奇了！」

我正要對此讚嘆不已、誇耀這旅程的點滴，穿山甲卻打斷了我的話，他提醒我：

「快，先回家吧！」

就像上回一樣，貓頭鷹又把我拉得飛騰起來，快速的移動。

在行進間，貓頭鷹也對我解釋了純白羽毛的功能，原來那是姑婆與森林的信物，如果羽毛插在窗櫺邊的木樁上，那就表示她在。

「可是她不在呀？」我質疑貓頭鷹頭的說法。

「也許她的意思是指你在，但是你還沒與我們建立起信物，只好用她的代替。」貓頭鷹說著，順勢從自己身上拔下一支羽毛，交到我手上，說：「這就當你跟我們的信物吧！」

應該很痛吧？我趕緊在他拔羽毛的地方為他「呼呼」，貓頭鷹的羽毛，呈鋸齒狀排列，是棕褐色相間的羽毛，跟姑婆白色的羽毛很不一樣。

「對了，你別拿著羽毛亂揮喔！除非有緊急的事情才可以。」貓頭鷹特別交代。

我緊緊的握著這羽毛，好像得到全世界最棒的禮物一樣。

「可以讓章淳怡看嗎？」我自言自語的說。

「羽毛帶去城裡沒有功能，而且容易遺失，勸你就放進陶罐裡！」沒想到貓頭鷹轉頭瞪了我，還提出嚴厲的警告。

「知道了啦！」

貓頭鷹在接近別墅前的林間將我放了下來，示意我一個人走回去，還好他想得周詳。

回到別墅的時候，爸爸正坐在門口，一見到我，他就衝過來開始猛K我的頭。

「你到底跑去哪了？」他一邊K，一邊歇斯底里的問。

「我去找姑婆的圍巾啊！」我一邊閃躲，一邊回答。

貓頭鷹和穿山甲躲在林子裡，一直訕笑著，他們沒有在爸爸面前現身。

「你中午沒吃東西吧？餓不餓啊？」爸爸果真是很疼我的，一邊打我還心疼我有沒有餓肚子，看來他還是當年那個心地善良、很可愛的阿德，只是頭髮都快禿了。

「別拉我！」爸爸的手，剛好拉到我手臂傷口的地方，害我趕緊閃躲。

「你那裡怎麼了嗎？」爸爸看到我手肘上包紮著傷口，狐疑的問。

「跌了一跤，手肘破皮。」我企圖輕描淡寫的說。

「糟糕，哪怕是一個小傷口，你媽要是看到了，一定會狠狠責怪我……」爸爸擔心的不是我的傷有多嚴重，而是怕被老婆大人指責，一邊懊惱，他又像發現了什麼似的，問：「誰幫你擦的藥？」

看到我受傷的傷口包紮得很完整乾淨，他的敏感神經終於冒了一些出來。

我又不能跟他實話實說，「是你小時候的姑姑為我擦的藥！」只好胡亂回他：「剛剛遇到好心的人了！」

「這裡有人嗎？爬山的人嗎？」爸爸繼續發問。

「爸！」我熊熊想起在平行時空中，被蛇咬的事情，我沒有繼續讓他發問，倒是馬上伸手把爸爸的褲子褲管拉起。

「你幹嘛啦？」爸爸被我突如其來的動作嚇了一跳。

「你小時候有被蛇咬過嗎？」我一邊問一邊尋找爸爸腳部的傷口，但是我不知道被蛇咬會不會留下疤痕。

「沒有啊？」爸爸說。

「有吧，怎麼會沒有……」我質疑他的回答。

「我小時候有沒有被蛇咬，你會比我清楚嗎？」爸爸也開始質疑我了。

「真的沒有傷口……」爸爸的兩隻腳都被我翻遍了，除了腳毛之外，完全沒有什麼多出來的痕跡，我不禁懷疑，平行時空中的記憶是真的嗎？

「你小時候在林子裡，真的沒有被蛇咬過嗎？」

爸爸抓著腦袋，似乎正仔細的回想著。

我也努力的讓我的記憶倒帶，搜尋當時的片段。

「沒有被真的蛇咬過，但是有被假的蛇嚇過！」爸爸斬釘截鐵的說。

「假的蛇？」我問。

「你倫倫大伯很皮，他經常會戲弄我。」爸爸開始細數大伯小時候的把戲。

倫倫經常用零用錢去買一些假的動物，那些假動物玩具做得真的非常擬真。倫倫不喜歡真正的森林，只喜歡在屋子裡跟假動物玩，玩那些動物互相廝殺、咬來咬去的戲碼。有時候，他會故意用假動物嚇人，姑姑就被他嚇過幾次，惹得姑丈很生氣。

「對了，有一次我以為被蛇咬，姑丈急急忙忙背我下山，因為太急了，結果半路跌倒，姑丈把牙齒都跌斷了呢！」爸爸想起了一段記憶，然後他很感慨的說：「從此，姑丈不是很喜歡帶倫倫上山，可是姑姑和我爸太溺愛倫倫了！」

如果依照我爸的說法，也有可能。但是他怎麼沒提到我呢？

「那時候你們有遇到誰嗎？」我急著發問。

爸爸沒有繼續這個話題，倒是提醒該下山了。

我們趕緊將屋子收拾收拾，我去將閣樓的白羽毛收進陶罐，也把我的新禮物——貓頭鷹羽毛放進陶罐，爸爸關了樓下所有的窗戶，我們把總開關關了，就開車往醫院前進。

在路上，搖晃的車陣中，我正昏昏欲睡，爸爸突然沒頭沒尾的吐出一句：

「我的腳沒傷口，但是手有傷口！」

我也忘了他有沒有繼續說了些什麼，而我接續有沒有發出什麼疑問，一路上，昏昏沉沉……

◇ ◇ ◇

山，是大地的母親，孕育了多元的生態，滋養了環境。

而樹，是山最重要的夥伴。

我記得在我還很小的時候，姑爺爺經常抱著我到森林裡看樹，他對待樹就跟對待人一樣，因為他說樹和山是有生命的，他們跟人一樣，是有知覺的。

「山，聽得懂人話嗎？」我記得我這樣問過。

「他不僅用聽的，也看著我們，看顧著大家……」姑爺爺是這麼說的。

我信姑爺爺的話，對山，打從心底的崇敬。

但是隨著年齡的增長，姑爺爺過世後，我們到山裡的時間少了，到後來甚至很久沒進山裡去，沒有接近，感情就越來越淡薄，與山，漸漸疏遠。

我把圍巾送去醫院，姑婆見到圍巾開心的流下眼淚。

「嗯，是他的味道！」姑婆把圍巾放在臉上，捨不得放下。

我不懂她是指什麼味道，我拉了圍巾的一角也聞了一下，「沒啊，哪有什麼味道？」

姑婆放下圍巾，緊緊的把我抱住。

「那一年三月，山裡下了一場大雪！」姑婆帶著虛弱的聲調，緩緩的說。

「下雪？三月？」我最喜歡聽故事了，趕緊豎起耳朵。

爸爸發現姑婆又要開始講那些陳年往事了，擔心他老婆會不耐煩，趕緊很識相的拉著我媽，說要出去喝杯咖啡。

「我好累，我比較想去按摩！」媽媽向來是個很懂犒賞自己的職業婦女，現在逮到機會，當然要對她老公撒嬌一下。

「好，我們去按摩，」爸爸不想當夾心人，但是看得出來很想面面俱到，半推半拉的，他把他老婆哄出病房，回頭還跟姑婆賣乖，溫柔的說：「你們慢慢聊！」

姑婆抱著圍巾，說那是他們還是窮學生的時期，因經常往山裡跑，山上溫度比城裡低，姑爺爺把打工賺來的錢，為她買了這條圍巾。

這是他送她的第一份禮物。

這條圍巾是一條價格不斐的圍巾，上面標示著百分之百喀什米爾羊絨。這種山羊絨的山羊大多數居住在海拔四千五百公尺的喜馬拉雅高山上，為了要對抗酷寒的氣候，山羊身上除了羊毛之外，晚秋還會長出一層柔軟的「絨毛」增強保暖，這種絨毛是動物纖維當中最細的一種，不僅擁有極佳的保暖性，更因為質料輕柔、富有光澤，因此又有「鑽石纖維」之稱。

「你摸摸看，」姑婆將圍巾遞了過來，「這質料非常細。」

「姑爺爺那麼愛森林裡的動物，他買了羊毛的東西，不會傷害動物嗎？」我很直覺聯想到山羊被除毛的痛苦模樣，很直接的提出這個疑問。

「為山羊除毛，如果動作粗暴，當然是不行的。」姑婆沒有生氣，反而為我很仔細的說明，「野生的羊會自行脫毛，若是飼養的羊，就會進行人工剪毛。」

「我們很多使用的東西，是不是都來自動物？」我又繼續聯想發問。

「照你這麼一問，好像也對、也不對！」姑婆突然露出頑皮的模樣，伸了伸舌頭，好像做錯了什麼事一樣。

以前我就聽老師說過，很多名牌包，就是動物的皮毛。

「更多的東西，可能來自樹與大地！」姑婆說著，拿著她正在閱讀的書本，「這些紙張，就是來自樹木！」

「所以六汗會要種樹？」我問。

「你知道六汗會？」姑婆精神一振，興奮的拉著我的手，她又問：「你用了那把木鑰匙嗎？」

我誠實的對姑婆描述了此行到山上的經歷，如何進入了兩段平行時空，以及與哪些人相遇。

「好想念他們喔！」姑婆的眼神透出了想念。

想他們的話，可以使用木鑰匙啊，木鑰匙有魔法，姑婆應該是知道的。這下，我也突然想起木鑰匙還在我口袋，我趕緊把木鑰匙交到姑婆手上。

「姑婆，你也使用過這把木鑰匙嗎？」我問。

「我很想，但是我沒辦法！」姑婆把玩著木鑰匙，悻悻然的說。

她說這把木鑰匙是姑爺爺的。

那是他們六汗會在山裡種樹的第六年；那年，天氣也異常得冷，冬季嚴寒，昆蟲為了保命和延續下一代，會躲進樹幹的皺褶處產卵避冬，這是大自然的生存法則，蟲子的活命絕招，可是這麼一來，也有可能將會造成植物受傷，因此而死亡。尤其，蛾類、天牛類喜歡在樹皮的皺摺處產卵或結繭，對樹木是很大的傷害。

六汗會去請教了一些有經驗的老前輩，老人們告訴他們：「早年沒有農藥可用，用稻草為樹做衣服是最管用的，因為稻草類似樹皮的皺褶，蛾類、天牛的卵或繭都會集中在這些地方，等到驚蟄日來臨，再把稻草取下來燒掉，來年的蟲害也會跟著大減。」

於是，六汗會的成員，他們把曬乾的稻稈編成草繩，再把草繩逐圈纏繞在樹幹下側，花了很多時間為森林裡的樹穿衣服。小樹怕寒害，稻草衣也有保暖的功效，可以幫助小樹更快長成大樹。

在為樹包稻草的時候，姑爺爺在山裡的一個樹洞發現了這把木鑰匙。

「因為看起來是一把人為的木鑰匙，但是又不太可能有人會把東西放在林間，實在很神奇。」姑婆說。

姑爺爺將木鑰匙帶回山屋，木頭的雕工很細緻，頭部還有一個如意形狀的拉環，尾端成兩凸凹。

剛開始，姑爺爺和姑婆不以為意，以為只是一把木製的鑰匙，也沒跟六汗會其他成員說，後來，神奇的事發生了，不知怎麼回事，姑爺爺竟然神祕的消失了。

姑婆被嚇到了，請六汗會的同伴幫忙找姑爺爺。

姑爺爺第一次穿越了時空，去到更早以前的山林，他說那兒原本層巒疊嶂，林間覆蓋著厚重的野草與苔蘚，蒼勁翠綠的大樹高傲的挺立在其中。他在原地只停留了幾秒，迅速將木鑰匙撿起，很快的又回到了現代。

六汗會對姑爺爺的說法半信半疑，他們六個人的其中五個，也嘗試拿起木鑰匙，但是什麼事都沒有發生。

六汗會的成員，因這把木鑰匙的出現起了許多爭執，人跟人有了不信任和猜疑，感情開始起了很大的變化。有人希望把木鑰匙放回原

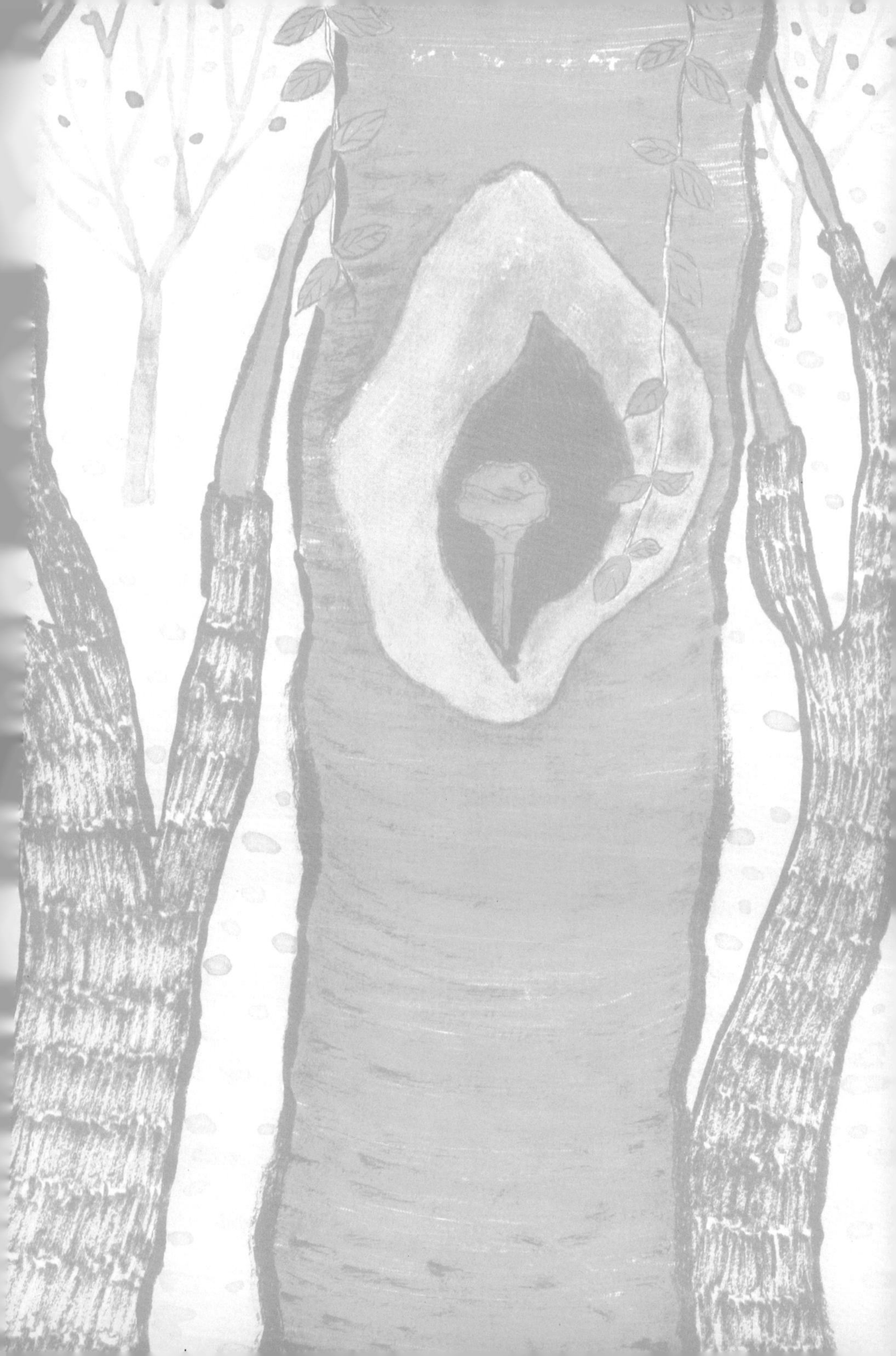

樹洞，不要與怪力亂神扯上邊；有人建議直接丟進火裡，用火燒毀。

當然，成員裡也有人建議拿去販售。

「如果可以賣到好價錢，我們可以買更多樹，或者，我們可以把這座山名正言順的買下來！」其中有人提出了這項提議。

姑爺爺希望大家不要輕舉妄動，他相信老天爺的安排，既然這座山、森林，讓他獨自發現了這把木鑰匙，除了緣分，也有可能是使命。他答應大家，不會輕易的使用，但會盡到善加保管的責任。

「所以你的朋友裡面，也有像大伯那種……」中途，我忍不住插話發出疑問。

「哪種？」姑婆不懂我的意思，反問我是指什麼意思。

「想要發財的？」

「還好啦，人難免有時候會起了貪婪……」姑婆應該是太愛她的朋友了，也有可能是太愛大伯了，總是替他們找原因，她又說：「木鑰匙也許是山在試探人心的一把鎖。」

「是喔……」

姑爺爺曾說，姑婆是世界上最傻、最單純可愛的女人，她遇到事情總是很直線條的思考，腦袋沒空間細數人們的絞盡腦汁與論斤稱兩，不會計算厲害得失。她隨時隨地都在愛著人，所以能一直為兒童寫童話，為兒童散播善的能量。

「你姑爺爺把木鑰匙一直收藏著，緊守著承諾！」姑婆說著說著，突然又拉起圍巾掩面，似乎是想到什麼感傷的事了。

「如果那時候，他要是帶著木鑰匙出門，也許就不一樣了。」姑婆的眼淚「唰」的一聲，檔也擋不住。

那年的三月，下了一場大雪，六汗會已經好久沒聚會，姑婆邀請大家一起到山裡看雪，也順便相聚。縱使平日大家都忙，許多事讓大家也都疏遠了，但是這回，大家都興奮的一起往山裡跑，想一起觀看這難得一見的雪景。

三月的那場雪，下得非常詭異，明明已到了三月天，杜鵑花都開了，天氣變得極凍，大家在屋裡點火爐，一邊烤著地瓜，一邊聊起當年為樹穿衣服的時光。

聊得正開心的時候，突然有人問起：「那把木鑰匙呢？」

「我藏著呢！」姑爺爺回答。

「拿出來讓大家再看一眼吧？」有人提議。

「不會被你賣了吧？所以買了這座山？」當年建議要賣的人，竟然又在此時出言提出質疑。

「這座山是我買的！」姑婆這樣回擊，不過，這也是事實。

「我才不相信！」

又是為了這把木鑰匙，大家的氣氛降到冰點。

屋內和屋外的溫度，都非常冷酷。

「你等我，我去拿出來！」姑爺爺在氣頭上，正準備去取出木鑰匙來證實，卻被姑婆給制止下來。

「說好不再碰的！」姑婆大聲喝止，然後氣得衝出屋外。

所有人都僵在原地。

姑爺爺擔心姑婆在屋外太冷，從椅子上取了圍巾，帶到屋外為她繫上。

「你放心，我沒有去拿木鑰匙……」姑爺爺說完這幾句話，突然抱著胸口昏倒了。

屋外，大雪紛飛下，姑爺爺突然心肌梗塞，倒臥不起。三月雪，奪走了姑爺爺的生命。

說到這，姑婆又哭了。

那時候我可能還很小，根本沒有什麼記憶，但是，現在聽到姑婆提起，我也跟著感到非常非常的難過，忍不住就抱著姑婆一起哭。

「生命已逝，但是我會對生活持續充滿愛！」姑婆說她在姑爺爺的葬禮上，是這樣對姑爺爺允諾的。

「姑婆，你還有我們！」基本上我並不是暖男的個性，但是，我也不知道我怎麼會在這一刻，突然充滿暖心，還溫柔的吐出這樣的話。

有時候，真誠的話再噁心，也還是很中聽的。

姑婆的悲傷不會是一時一刻的，那種痛，可能是時時刻刻想起來就是椎心的傷，大多數時候姑婆都非常開朗，偶爾觸及到了傷痕，才發現原來傷口一直都還在。我們倆都知道，再多的安慰都抹不平、也抹不去，失去就失去了，但是那想念的愛，是會一直存在的。

姑婆擦了擦眼淚，意有所指的說：「希望以後不要再下三月雪了！」

「在那之前，台灣以前下過三月雪嗎？」我問。

「如果是玉山上，三月降雪不算罕見！兩千公尺以下，就是很特殊的紀錄了。」姑婆說。

台灣歷史文獻中，在十六世紀到十八世紀，全球面臨小冰河期，世界各地都冰凍嚴寒，台灣一六八三至一六八四年的冬天也受到極端氣候很大的影響，西部平地下雨雪或結冰。

美國NASA地球觀測站指出一八九二至一八九三年間，是第一極冷時期的見證，全台各地都曾經有過降雪。一八九三年，就連嘉義的平地都降下大雪，濁水溪以北更是一片銀白，竹東「大雪連下三日，平地高丈餘」。第二極冷時期是一七八八年的三月，《淡水廳志》描述：「大雨雪，饑，斗米千錢。」說明雪災或寒災嚴重影響作物收成，而引發成饑災。第三極冷時期是一八五七年，《淡水廳志》和《苗栗縣志》都有「大雪」的記載。

馬偕博士在一八七二至一九〇一年期間，也留下氣候異常的紀錄，他在日記裡記載著，「一八九三年一月十七至十八日，大廳裡只有華氏四十二度（攝氏六度），連海拔六百一十六公尺的觀音山都下雪了。」他甚至還上觀音山裝滿兩大桶的雪，帶回平地給孩子看。一八九二年到一八九三年的冬天，可能是台灣有史以來最冷的一個冬天！在一九一七年一月八日的舊報紙中，還記載著「大屯山降雪為歷年來罕見，淡水線火車開賞雪加班車」的新聞。

「這些極端的氣候變遷，對世界有相當深遠的影響！」姑婆深深嘆了氣，緊接著突然開始咳了起來，好像那些冷真的傷到她的喉嚨，我趕緊倒了熱水讓她潤潤喉。

她停了幾秒，又繼續說：「天候異常，對山裡的環境生態影響很嚴重！」

「我喜歡山！」我突然大剌剌的對姑婆宣誓。

爸爸跟媽媽正好進門，見到我這麼一說，媽媽想到我一整天的失蹤，又看到我手上的傷口，猛追問我是怎麼跌的，我都還沒來得及解釋，媽媽就轉頭去搥我爸，怪他沒保護我，新仇舊恨一湧而上。

「你以後別叫阿立去山裡了！」媽媽對我又搥又打，一反常態，並且完全不留情面，直言對姑婆這麼說。

姑婆沒有作任何回應，我一聽，倒是直接跺腳。

「我要去，動物頭們都在等我呢？」沒有經過思考吐出來的話，通常就是心裡最想說的。

媽媽在一旁用很狐疑的眼神瞪我。

「你說……什……麼……『頭』？」媽媽很認真的在聽，所以一個字一個字的回應了我。

我很懂我媽，她的眼神除了生氣，還帶有一點吃驚。

「喵，喵，這位太太，馬殺雞過後應該很餓吧？」我最會的一招就是「撒嬌」，這一招是專門用來安撫我家媽媽的，而且一定有效。

「你不要轉移話題！」媽媽果然就是媽媽，眼睛瞪得圓滾滾的。

「喵，喵，」我跟媽媽撒嬌，說我肚子餓扁了，血糖太低，一定要立即補充食物，「快啦，走了啦！」爸媽抵不過我的哀求，大家的肚子確實也都發出嗚嗚，姑婆趕我們一家快去覓食。

離開前，姑婆用唇語對我吐了幾個字：「山……永……遠……都……在……」

我趁著爸媽不注意，病房房門被關上前，也對她用大拇指比了一個讚，心滿意足的離開了醫院。

5 山裡有鬼嗎？

這陣子，我在學校有了「山王子」的新稱號。

章淳怡看我的眼神也不一樣了。

大多數同學是很少接近山林的，因為很少，所以心裡冒出了好多好奇。

有的同學雖然會跟家裡大人到近郊爬郊山，不過那都是觀光的行程，大家像螞蟻一樣，隨著人群往同樣的方向向前走，然後在涼亭吃吃東西，然後又盲目的跟隨人群走下山。

我跟他們說：「你有遇到過動物嗎？你有跟樹說過話嗎？」所有同學都一致的搖搖頭。

章淳怡推開許多同學，挨近我坐著，非常有興致的聽我說。

「你們去走的郊山步道，是山被硬生生挖鑿出的人為步道，植被生態被破壞，動物就躲起來了。」在同學的簇擁下，突然之間我就顯得更加博學了，開始更意氣風發、滔滔不絕的說。

擁有高密度樹木的區域才能稱為「森林」；森林中主要是以樹木為主，會由各棵樹的林冠或是林下組成，林冠是指植物離地的部分，森林中有很高大的樹，也會有一些較低的樹木或植物，林下可以再細分為灌木層，草本層和苔蘚層、以及土壤中的微生物。

森林提供人類許多資源，包括儲存二氧化碳、調節氣候、淨化水源以及減輕水災等自然災害，對人類非常重要。

「這些是樹跟你說的嗎？」有同學問。

「對啊！」我也沒想到我會這樣回答，既然這樣說出口了，當然只好繼續「掰」下去。

「他們怎麼說話？是人話嗎？」同學好奇的問。

「不是一般人可以聽得到的。」我斬釘截鐵的說，「樹的聲音會透過風和空氣傳達。」

「圖書館有一本《樹的聲音》繪本，我看過！」章淳怡很喜歡閱讀，她突然這麼說，沒錯，我其實也是從那本書得到的靈感。

「山裡有鬼嗎？」有個同學突然冒出這疑問，沒想到所有人對這個問題都感到好奇，引起很大的討論。

同學可能受到《鬼滅之刃》的影響太深，大家突然轉移了焦點，一直問我山上到底有沒有鬼。

我本來一直說沒有，但是他們聽到沒有，就產生不信任感，繼續窮追猛打，彷彿非要有個什麼「鬼」影出現，他們才會甘心。

於是，我只好亮出我的傷口，跟他們說：「我不知道他們算不算鬼，幫我包好傷口之後，他們就不見了！」

同學們聽到這，整個毛骨悚然，有的還發出尖叫的聲音，在這股氣氛下，我好像把不能說的平行時空變成了「鬼事」，將那些時空下遇到的人都變成了「鬼」，我安慰自己說，反正他們確實是來無影去無蹤，在我心目中，「鬼」並不可怕。

「鬼包紮的傷口耶，我可以簽名在上面嗎？」章淳怡突然這麼說。

同學們也爭相在我手臂的傷口處簽名，明明只是一個很小的貼布，大家硬是要在上面簽名，害我痛得哇哇叫。

我手上的傷，猶如成了同學口中英雄的印記。

我得到了章淳怡崇拜的眼光，好吧，是英雄無誤。

◇ ◇ ◇

這一天，我在捷運站口等爸媽，這裡人群移動得非常快速，很像時鐘的秒針，滴滴答答不停的轉動著。作為一個學生，我沒什麼好匆忙的，尤其，我已經放學了，又不用被送去安親班加班，也不用去學才藝，腦袋不受思想控制，找了一個角落坐著，享受發呆的快樂。

這個位子，隔著柵欄似的牆面，隔空有陽光灑入，我和我的影子有了對話。

我伸出一隻腳，影子出現了一支巨斧；我將脖子伸長些，左手故意伸到跟斧頭影子一樣高的位子，又像一座高山的形狀。

看著從電扶梯下來的人群，踩踏在陽光下，如果他們沒有移動，我還以為他們都是樹呢！

森林裡的樹影，真令人想念呢！

我的手機傳來了媽媽的訊息：「一分鐘後，路口！」

我趕緊從我的自由境地回到現實，連跑帶跳的衝出捷運站，跳上爸爸的車。

上了車，媽媽問我：「等很久，會無聊嗎？」

「不會啊！」我答。

「他一定趁機在打電動啦！」自以為對我很了解的爸爸搶著回答。

「才沒有……」我冷冷的回。

「怎麼可能沒有，騙誰啊！」爸爸又用他自以為是的方式思考，硬生生的揣摩我的行為。

「我在想山裡的事……」因為不喜歡被誤解、不喜歡大人亂冠我的想法，我誠實的回答。

「你被你姑婆傳染了嗎？」爸爸狐疑的從後照鏡看我，還繼續說：「還是得了稀奇古怪的森林病？」

「停！」媽媽就是媽媽，雖然看似溫柔，但是只要她一出口，我們家兩個男人，通常連個「屁」都不敢放。

她現在只有吐出一個字，我跟爸爸馬上就正襟危坐。

爸爸的成長經驗應該與山、森林的接觸面較多，至少以前，他與爺爺還有姑爺爺、姑婆，經常到山裡度假、遊玩，他可能因為長大了，離開童年太久了，將那些曾經在山裡經歷過的事情給遺忘了。

而媽媽，是一路在都市長大的，但是她很喜歡種植植物，也熱愛親近大自然，而且她對姑婆向來非常孝順，不懂她近期為何對「山」似乎變得超級敏感。

「都是你啦！」爸爸忽然小聲的對我說。

我不是都好好的嗎？

媽媽的敏感，有可能來自姑婆在山裡生病了，以及我那天突然的失蹤，因為都是在山裡發生的事，雖然我們都沒事了，但是對於媽媽來說，她不想冒險，尤其，她說過：「阿立比我的生命還重要。」

唉呀，天下的媽媽都是杞人憂天型，她們實在太敏感了，雖然我是你的孩子，但是我有我自己的命啊，媽媽不會懂得，我們只好訓練彼此的心照不宣，以後，盡量別對她說太多，以免更加綁手綁腳。

媽媽在我家立了一塊比鋼鐵還要硬實的宣誓：「你們倆，以後未經過我的同意不准上山！」

「喔！」我隨口回應，根本沒有真正放在心上，但是深深了解，媽媽說話一定要有回應的道理。

「枕頭山也要報備嗎？」爸爸比較皮，是標準討打型的男人，他就是喜歡這樣無關緊要的回應。

◇◇◇

姑婆有了圍巾，果然睡得比較好，睡得好，病就比較容易痊癒，過了幾天，她終於出院了。

一回家，姑婆恢復她原有的元氣與精神，心情似乎沒受太大影響；她穿上華麗的蕾絲衣服，到美容院將長長的頭髮好好整理一番，將她在醫院裡，因太無聊而搜尋到的美食清單一一先記下，馬上列出「美食之旅」的規劃，說要好好大吃特吃。

我們一家是她吃美食重要的夥伴，她喜歡與較多人一起分享食物，「看到你們大快朵頤的模樣，食物就會增加一百萬倍的美味，我就吃得更愉快！」

於是，這些日子，我們就是陪著姑婆到處吃吃喝喝。

躲藏一陣子的大伯似乎完全失蹤了，沒有人特別想到他，倒是爸爸偶爾會突然在飯桌上脫口說出「這個我哥最愛了！」這樣的話。每次爸爸一提起大伯，媽媽就翻一次白眼，姑婆倒是都沒什麼回應，而我就會聯想起那個總是嘟著嘴，感覺很霸道的倫倫。

爸爸小時候應該經常被他欺負吧！

我不懂，那樣的大哥會有愛護弟弟的時候嗎？還好我是獨生子，不會被哥哥欺負，而且也沒有那些需要特別照顧的弟弟妹妹。

姑婆對大伯或我爸爸，應該是一視同仁的，她愛他們，把他們當成自己的孩子般疼愛，相同的，她也把我視為親孫子一樣。

我不太懂血緣上親或不親的差別，對我而言，經常相處，應該就是親了。

爸爸應該與他的哥哥很親，雖然長大後有各自的人生與生活，但是畢竟他們曾經一起長大，曾經每天生活在一起，所以他很尊敬他的哥哥。

「阿立，在山裡吃不到那麼多好吃的東西，怎麼辦？」姑婆突然開口這樣問。

我還沒有好好細想這個問題，媽媽倒是很快就幫我搶答了。

「他從小跟著吃香喝辣慣了，離不開城市了啦！」

雖然媽媽沒有把我擁在身上，但是她的話讓人聽起來，感覺是想把我緊緊繫著，而且不容許任何人帶我離開她的眼界。

「說來也奇怪，山裡的東西吃起來特別好吃耶。」爸爸猛吃他手上的螃蟹，一邊吸吮著蟹膏，一邊沒頭沒尾的回話。

「對呀，連烤地瓜都特別好吃！」我想到在平行時空中，我跟阿德吃的那粒烤地瓜，黃澄澄的，冒著暖暖的煙，香甜又美味。

「烤地瓜，對耶！」爸爸用他又濕又黏糊的手跟我互相擊掌。

「咳！」媽媽用力咳了一下，這個聲音是一個警告，我聽出來了，但是爸爸沒有感覺。

「還有竹筍，山裡剛挖起來的竹筍跟水梨一樣喔！」爸爸開始在他的腦袋搜尋山裡的記憶。

「咳咳！」媽媽更用力的咳了兩聲。為了遏止爸爸對「山珍」的追憶，同時我們的對話引起媽媽的好奇，她突然轉頭問我：「你什麼時候在山裡吃過烤地瓜？」

經她一問，我滿臉通紅，不知道該怎麼回話。

總不能跟她說木鑰匙的事吧！更不可能跟她提到平行時空，我不想跟自己的第六感打賭，我理解我的媽媽，聽到這些，她一定馬上昏倒。

「對呀，你什麼時候在山裡烤過地瓜？」爸爸竟然也跟著問。

到底我在平行時空所遇到的事，在當時的他們是真實存在的嗎？如果是，那在他們的記憶中，會記得我嗎？

記得姑婆有對我說過，人的一生經歷過的事情太多、講的話太多、擦身而過的人更是不勝枚舉，對於某些接觸過於簡短，或是沒有大多交集的人事物，是很難記得的。我絕對相信姑婆的話，因為我經常連前幾天課本所教的內容都會忘了，更別說是上週、幾個月前、去年、更多年以前的事了。

而且，人的記憶很有趣，有時候會有記憶偏差，同一件事情發生在同一批人身上，但是每個人所記得的部分會不盡相同，甚至經常發生雞同鴨講。爸爸跟媽媽因為這種情況經常吵架，例如兩人明明一起去過哪，偏偏有一人卻說沒有去過；某個人許了什麼承諾，偏偏有一人就是說他沒這樣允諾過。

有了這些經驗，我打定主意，認定憑老爸的腦袋，他每天回家都需要處於放空的狀態，他說那叫作「reset」，他要能記得童年時、短暫出現的我的機率，幾乎是微乎其微，所以，如果真有什麼，就是要提醒自己不要對號入座，一概不承認就是最保險的作法。

「跟姑婆一起啊！」我說謊了。

為了掩飾我一說謊就會臉紅的毛病，我故意拿熱茶水摀自己的臉頰。

「天還那麼熱，你幹嘛？」爸爸突然對我的動作產生好奇，不知他什麼時候開始突然變得很關心我。

「這種天太舒服了，秋天是吃螃蟹的季節，也是最適合到山裡打滾的時節。」姑婆漫無邊際的，突然這麼說。

媽媽雙手分別按住我跟爸爸，意思是要我們別附和。

不管我們有沒有回應，姑婆自己說得很開心，彷彿已經置身林間，在楓葉樹下婆娑起舞著。

姑婆說秋天是碩果纍纍的季節，林間有許多橡子果、相思樹果實、還有殼斗科的橡實；殼斗科是台灣闊葉林，僅次於樟科的第二大科，果實除了是動物過冬前重要食物來源，松鼠等囓齒類動物，常常將吃剩的橡實儲存在地下，以度過漫漫寒冬。這些存儲的橡實最後大部分都被動物過冬時吃了，只有一些會在春天到來時生根發芽。

「什麼是橡實？糖炒栗子嗎？」媽媽的提問，有點打斷姑婆的話的涵義。

「《冰河歷險記》中，松鼠一直追逐的那粒圓滾滾的果子啊！」

我想到動畫裡的畫面，實在太有趣了。

「殼斗？蝌蚪？」爸爸也提出他的好奇，看來他們兩位對自然生態一點都不了解，我的基因裡面，這些應該也很弱。

「栗子就是屬於『殼斗科』的木本植物，」姑婆不僅是兒童文學作家，對生態也懂不少，她順手夾了餐桌上佛跳牆裡的栗子，往爸爸的飯碗放，爸爸好像松鼠，一口馬上就往嘴裡塞，媽媽都被逗笑了，姑婆又說：「台灣只有嘉義中埔有種食用的板栗，又大顆又好吃！」

「栗子營養成分好像很高，含有多種維生素及礦物質鈣、磷、鐵、鉀等元素。」媽媽說。

姑婆聽到「營養」兩個字，就反骨的伸了伸舌頭。她就是那麼俏皮，跟我真是「麻吉」透了。

姑婆把她的頭往媽媽的方向移動，露出耳朵上的耳環，以及手上的大戒指，媽媽先是一驚，把眼睛湊近仔細一看，發現這些飾品竟然都是以天然碩果製作而成的。

「是相思豆嗎？」

姑婆的耳環竟然是用種子做的。

「算是孔雀豆。」姑婆說。

所謂相思豆應該是紅豆樹的種子，種子是咖啡色，有毒。孔雀豆則更符合相思的美名，鮮紅小巧，經常被串成珠串，做成飾品。

這完全就對上媽媽的目光了，她們兩個立馬變成無話不談的姐妹淘，姑婆順手將戒指摘下，馬上往媽媽的手指頭套上。

「太妙了，」媽媽喜孜孜的，一直仔細端詳，「沒想到可以做成這樣耶！」

「送你吧！」姑婆大方的對媽媽說。

「不，不，不！」媽媽連說了三個不，馬上將戒指從手上摘下要還給姑婆。

「山上到處都是，」姑婆還是將戒指按在媽媽手上，沒有取回的意思，又說：「你若喜歡，假日我們一起去山上撿，我教你製作！」

媽媽對手作有極大興趣，尤其是不用花大錢的手作，而且還能實際運用在裝飾，那真是再好不過了。她馬上跟姑婆訂下假日的行程，我跟爸爸互相做了一個鬼臉，不知是誰前一刻還對「山」這個字充滿敏感的，女人心海底針啊！

姑婆見媽媽興致盎然，說了很多利用山林素材手作的例子，並約定好到山上的日期。

「不過，我們不能採集太多，那也是一種破壞。」姑婆跟媽媽作了行前約定，媽媽很識相，一點也不貪婪，兩人興高采烈的勾了勾手，像極了小女生似的。

看到姑婆和媽媽的笑容，我也笑了。

不知道章淳怡是不是也喜歡手作？

◇ ◇ ◇

因為媽媽完全沉浸在果實手作的興頭上，假日一早，她一刻都不想浪費，比鬧鐘還早一刻把我跟爸爸挖起來，馬上啟程去與姑婆會合。

媽媽似乎很久沒上山了，看到姑婆房子的電子化，簡直驚訝到不行；進了屋，看到屋內的裝潢完全是她心目中英國度假別墅的樣貌，馬上像女王一樣，往餐桌上正中間的大木椅一坐，雙手垂掛在椅上布面的扶手，她說：「姑姑，你何時買這些家具的？完全是英國古典風耶！」

「本來是想落實你姑丈的作風，山居生活應該簡樸，但是想到他突然驟逝，狠心丟下我一個人，有一天，我越想越難過，就決定把那些我嚮往的家具都買一買，打造我童話故事中的舒適家園。」

「我超愛英國彼得兔的！」媽媽說。

「那你去把櫥櫃打開，我這兒所有的餐盤全是彼得兔！」

「哇哇哇！」緊接著，我跟爸爸馬上把耳朵摀了起來，因為我媽突然驚聲尖叫，完全陷入瘋狂興奮中。

「是啊，彼得兔的作者波特小姐，也是我最崇拜的文學家之一！」

姑婆遇上了媽媽，兩個女人對家居的嚮往一致，開始一搭一唱的細說她們所愛的家飾品與家具。

我們不知道她們兩個女的到底還要閒話家常多久，爸爸很自動的往他上次坐的沙發一躺，又開始進入他的「reset」狀態，我知道不出幾分鐘過後，應該就會聽到他的打呼聲，我也識趣的默默閃開。

下意識中，我到陶罐裡拿了姑婆與我的羽毛，上到閣樓去，打開了窗戶。

我熟稔的將兩根羽毛插在窗櫺上，然後對著窗口作了一個大大的深呼吸，貪婪的大口吸入了山裡的空氣。

「哇，呼吸好順暢呀！」我自言自語了起來。

這是我第一次很專注的從閣樓窗戶望向遠方，除了前方那茂密的森林，重疊的樹叢上方，是遼闊的天際線，清澈的藍天中，有幾朵白雲陪襯，令人心曠神怡。

前方一群七、八隻台灣藍鵲嘰嘰喳喳飛過，在陽光下，藍色的長尾羽，和那鮮紅的嘴喙及腳爪，真是耀眼醒目。

我看得正入神，突然被一顆什麼東西打中了頭。

我環顧四周，怎麼會有東西丟來呢？

仔細一瞧，樹梢上有兩隻松鼠，林間與步道前有一隻兔子，他們都對著我揮手。

我揉了一揉眼睛，再仔細看清楚，確定他們是在對我揮手，我點了點頭，馬上衝下樓，然後往步道跑去。

兔子在步道口等我，一見我就飛快的往森林裡奔去，我跟在後頭，心想，不會是我會錯意吧，剛剛他不是在召喚我嗎，現在幹嘛跑給我追？

兔子的腳力非常厲害，他只是輕輕一蹬，我可能要跑個五六步，怎樣都追不上。我跑得氣喘吁吁，他才終於停了下來。

「呼……」我根本太喘了，連一個字都吐不出來，我其實是想要問他，幹嘛一直跑。

我彎著腰，摀著胸口喘氣。希望自己呼吸能夠恢復正常。

「他還是太弱了……」

「他全身都是都市的味道……」

「靠他？算了吧？」

耳邊傳來窸窸窣窣的討論聲，我用眼角瞄了旁邊，我的身邊周圍聚集了好多的動物，嚇得我跌坐在地上。

「你看，這樣就把他嚇得……嘖嘖！」野豬將頭伸到了我腳邊，還用頭上的獠牙故意頂我的腳。

我屁股在地上又往後滑行了幾步。

「別嚇他了啦！」貓頭鷹飛來，護衛在我前方。他一降落，馬上出現人形的身體，戴著貓頭鷹頭，就是我第一次與他見面的原型。

除了貓頭鷹，其他動物都還是維持動物的模樣。

「我們大姐有來嗎？」黑熊現身，龐然大物的他，一把將其他動物推開，直接發問。

「我有看到她的羽毛！」台灣藍鵲搶答。

「她在別墅裡！」我帶著顫抖的聲音回答。這應該是我人生中第一次被那麼多動物包圍住，除了興奮，其實我心底還是還滿害怕的。

「吼，我一看到羽毛，就想衝去見她，竟然在門口聽到了其他的人聲，趕緊退回森林。」山貓露出警戒的神情，帶著責怪的意味。

「所以才叫台灣藍鵲先飛去瞧瞧啊！」穿山甲說。

「我想她！」

「身體復原了嗎？」

「屋子有其他人嗎？」

「我們能進去看她了嗎？」

大家爭相發言，我聽著他一言、你一語的，都不知道該怎麼處理或回應。

趁著他們討論，我偷偷摸了旁邊的黑熊，他的黑毛好粗啊，跟我想像的不一樣。動物的警覺性真的很強，他在第一時間就感覺到我的觸摸，但是只有看了我一眼，沒有排斥。

「停！」突然間，出現了一個大吼聲，瞬間，聲音戛然而止。

我搜尋著聲音的出處，左右上下都看了一圈，完全不知道到底是誰那麼有魄力，一吼，大家就都停了下來。

就在我還是努力尋找之際，貓頭鷹向著我腳邊說話。

「還好你來了！」

我順著貓頭鷹的眼神，看到我腳邊停了一隻小雨蛙。我不知道那麼小的動物，聲音竟然如此嘹亮。

「你就是阿立？」小雨蛙跳到了我的手臂上，近距離的對我發問。

「嗯！」我小心的回答。

「因為屋內有其他人類在，我們無法進去，需要請你幫個忙！」小雨蛙雖然很小，但是聲音鏗鏘有力，非常具有威信。

我聽著他的話，也不知道要幫什麼忙，只有猛點頭的份。

「阿立，你能不能去將木鑰匙拿來……」小雨蛙這麼一說，又引起了動物們的騷動，他手一揮，但是可能他太小了，大部分動物沒看清楚，兔子發出「噓」聲，要大家讓小雨蛙把話說完再發表意見。

「小山是經過大家長時間觀察才認同的人，所以我們將這神奇的力量給了他，」小雨蛙很嚴肅的講，我繼續點頭，他繼續說：「木鑰匙不能隨便流入他人手上！」

我想起自己在不知情的情況下，誤用了兩次木鑰匙的事，臉有點

躁紅了起來。

「這事等大姐吧！」黑熊說話了。

其他動物有的點頭，有的搖頭。

「大姐病才剛好，不好吧？」

「木鑰匙不拿回來會出大事的！」

看來動物對這件事呈現了兩派意見，大家爭鋒相對，吵得不可開交。

「小山既然將木鑰匙交給大姐，一直以來，大姐也不曾啟用過，我們還是先聽聽她的想法吧！」貓頭鷹頭說。

「她給了這個小孩了啊！」山貓的手直直指向我，指尖都快碰到我的鼻子了，我嚇得不知所措。

「別嚇他，他還只是個孩子！」貓頭鷹護衛著我。

「就是因為他只是孩子，我們能放心嗎？」山貓又說。

「把魔法消除就行了啊！」白鼻心說。

「好了，別吵！我頭好痛！」黑熊抱著頭，很不耐煩的說。

「阿立，你去將你姑婆帶到森林來，說我們在這等她！」小雨蛙對我提出了要求，不知道為什麼，聽他講話，我就是會一直點頭。

「好！」

貓頭鷹握住了我的手，一刻都沒停留，就要將我送回別墅去。

他應該擔心我若繼續被包圍在那裡，可能會招架不住，還是趕緊去請姑婆為妙。

回到別墅，見到爸爸睡得好熟，他的打呼聲肆無忌憚的在整個房子裡打轉；媽媽跟姑婆坐在餐桌前，一邊用彼得兔的茶具喝著茶，一邊手作樹環，兩人有說有笑。

媽媽似乎已經忘了她叫我別靠近山的話了，一見到我從外面跑進屋，還招手叫我過去，取出手帕為我擦拭額頭上的汗水。

「要不要去喝個水？流那麼多汗！」

我想偷偷對姑婆使個眼神，但是她連看都沒看我一眼，一頭栽在她的手作世界裡。

我只好先在媽媽身邊安分的坐著。但是只要一想到森林裡的動物們正在等著呢，汗水就不停的冒出。

該如何引姑婆出門呢？應該先引她注意到我吧？

「姑婆，你要喝水嗎？」我問。

「我們有茶啊！」媽媽說。

「對呀，我喝茶！」姑婆眼光移動了，但是她是去取了桌上的茶杯，喝了一口茶，繼續專心做手作。

「剛剛外面有一群台灣藍鵲耶！」我故意表現得很興奮的說。

「喔！」她們沒有太大興趣的回應。

「姑婆，這裡有黑熊嗎？」我好不容易想到一個問題，假裝發問。

「有喔！」姑婆頭連抬都沒抬，只是輕描淡寫的回答。

「阿立，你別吵我們，你去做你自己的事吧！」媽媽竟然把我推開，這是只有在她沉迷追劇的時候才會出現的情景，看來，她真的很熱愛手作。

我從椅子走下來，跑去開門，然後很大聲的說：

「我要去找黑熊了喔！」

我拉著門把幾乎超過一分鐘，她們都沒理我，我就像個洩了氣的皮球，步履闌珊的走到林子邊緣，跟等在那邊的貓頭鷹回報。

「我姑婆跟我媽一起在做手作，很難單獨引開！」

「好吧，如果不小心連你媽都知道也不妥！」貓頭鷹說。

森林畢竟是屬於動物的，森林裡藏有許多祕密，越少人知道越好。

我跟貓頭鷹找了一顆大石頭，坐在那兒想對策，不知不覺就閒聊了起來。

貓頭鷹頭說，動物在這座森林觀察姑爺爺相當長的時間，他的一舉一動，大家都看在眼裡，畢竟他是人類，所作所為並不一定全然都是對的，但是心念非常重要。

姑爺爺相當耿直，做什麼事都一鼓腦兒的投入，就拿種樹這事兒，姑爺爺從學生時代在這山裡植樹，他拚命打工，為的就是可以多買些樹苗，知道哪兒有樹可以贈送或移植，再遠，他也會想法子去搬。

「但是他的執著也是一種不容易妥協的硬脾氣。」

他不知從哪兒得到的訊息，在林子裡為鳥製作了木製的巢，他的起心動念是出於善意想為動物作窩，但是這些人為的鳥屋，其實對森林不一定是對的，動物有動物自己的生存方法，過多的人為造物反而是破壞、是干擾。

對森林最好的，就是維持它的原樣，讓大地生物自在的生活。

「那怎麼辦？」我心想，姑爺爺做錯了，動物怎麼還會認同他呢？

「他對森林做了錯誤的事，我們會直言跟他提出。」貓頭鷹頭說，大自然界，物競天擇，是自然的法則，人類不該過度干預。

「基本上，我們跟他相處久了，知道他心地善良，沒有害人或害動物的心！」

我不由得想起六汗會，想起當時他們在森林撿廢棄的樹枝、採果、野菜，在山屋生火煮食，需要多少就取多少，沒有貪心，他們是那麼融入山林的生活，自在且知足。

「好可惜，姑爺爺太早過世了，我好想跟他多學習。」想到他，又想到姑婆的眼淚，帶著許多遺憾，我感慨的說。

「是太可惜了，生命無法自己決定啊！」貓頭鷹一邊說，竟然也拭了眼淚，他又語重心長的說：「你姑婆應該是最無法適應的，她很孤單，所以她每次來這裡，我們都陪著她。」

我第一次知道動物跟人類原來也能有深厚的友誼，這不是建立在彼此的給予中，而是互相相處所建立的理解，進而培養起來的。

◇ ◇ ◇

晚上，我們在門口生了一個火盆。

姑婆指揮爸爸跟我去撿一些廢棄的枯枝、木塊，我們烤著地瓜，煮了一鍋什錦麵，姑婆請媽媽將餐廳廚櫃裡的杯盤拿出來。

伴著月光，我們在屋前一起享用了一頓星空晚餐。

「姑姑，這酒真的是自己釀的嗎？」媽媽喝著姑婆從櫥櫃底下搬出的一罈酒，喝得滿臉通紅。

「是啊，山居生活的趣味就在此！」姑婆用勺子舀起了酒罈裡的酒，再用紗布當濾網過濾，她的動作輕緩而優雅，像極了具有魔法的女巫；她又遞了一杯給媽媽，說：「很久沒釀了，下次我們一起來釀吧！」

「好呦，我想學！」媽媽爽快的回答，看來，她那身都市的防衛盔甲已徹底的卸下了。

爸爸也像回到童年一樣，吃著從炭火取出的烤地瓜，一口地瓜一口酒，像個孩子似的，整個臉洋溢著笑。

我們沒有講太多話，只是仰望著天空，知道彼此在身旁，就覺得很幸福。

「山裡的夜晚，好寧靜、好舒服啊！」媽媽說話突然充滿溫柔的語調。

這是山的力量吧！會把人帶入純淨，回到原始。

爸爸跟媽媽似乎醉了，兩個人一直傻笑，也不知道到底在開心什麼。

姑婆在我旁邊坐下，她問：

「阿立，你有話要跟我說嗎？」

「對了，動物們在森林裡等你！」我竟然把那麼重要的事忘了，姑婆一問，我猛然想起，趕緊起身要拉姑婆一起往森林走。

「別急！」姑婆做事不急不緩，她把我拉住，要我繼續坐著。

「他們要拿回木鑰匙！」我還是拉著姑婆，希望趕緊了卻受人所託的事情。

「別急，他們來了！」姑婆的眼神泛著笑意，對著森林的方向看去。

果不出其然，動物們緩緩的，從四面八方出現了，不，應該說是動物頭們，他們從林間走進，身體轉化成人的身影，戴著動物的頭。

他們一一過來跟姑婆擁抱，有的因為抱得過久，還硬生生被後面排隊的動物拉開。

我看到小雨蛙和貓頭鷹，趕緊過去跟他們解釋。

「抱歉，我剛剛回來就被叫去準備晚餐的擺盤……」

小雨蛙跳到我肩上，拍拍我的肩膀。

「我剛剛回去補眠了，夜晚才是適合我的時間！」貓頭鷹對我說。

因為他們的到來，整個院子熱鬧了起來，除了月色，滿天的星星更加的閃耀，他們還繼續跟姑婆擁抱、話家常，我不知該不該拿什麼來招待他們，但剛剛烤的地瓜，以及酒罈的酒，根本不夠那麼多動物一起享用啊！

「你們吃飯沒？」我鼓起勇氣問了貓頭鷹。

「我們才是森林的主人，是我們要招待你們才對！」正當我手足無措，小雨蛙拍了拍我說。

爸爸和媽媽帶著朦朧的醉意，走得跌跌撞撞，跑來問我：「哪來那麼多『人』啊？」

「是姑婆的朋友！」看到他們不太清醒的模樣，我稍稍安心了一點，很簡單的回答他們，想把他們趕緊推離現場。

「是『人』嗎？長得怪怪的……」媽媽一直揉眼睛，拉著爸爸問。

「要不，是『鬼』喔！」爸爸帶著醉意頑皮的回，自己一邊說一邊大笑。

我請貓頭鷹幫忙，山貓和山羌還有白鼻心都過來幫我，我們一起幫忙將我爸媽扶回屋子，讓他們回房間睡覺去。

爸爸跟媽媽一路胡言亂語，媽媽還抓了山貓的頭，說她想要這樣的帽子。

爸爸則想起了爺爺，一路一直亂喊著：「爸，有鬼我也不怕！」

「不要理倫倫了，隨他啦！」「姑姑交給我，別擔心！」

白鼻心一直偷笑，我有聽到他嘴裡吐了一句話：「好蠢！」

然後山羌也裝腔的說：「人類的腦袋好複雜呦！」

到了房間，把他們扶上了床，沒幾秒，兩人就睡死了。

將他們安頓好，我們才回到屋外，看到動物們和姑婆圍成一個圈，正跳起了舞。

山裡的風，和林間的樹，還有許多蟲子一起合奏，譜成一曲曲不斷電的樂曲。

小雨蛙邀請我也加入了他們，還教我他獨創的青蛙啪啪舞，這舞步跟蛙式游泳很像，只是因為我們是在陸地跳舞，他腳掌下的蹼，偶爾會黏在地上幾秒，需要他再使勁的拔起，那用力的模樣實在太可愛了。

我看了看姑婆，她的神情非常愉快，而且感覺到她所有的病痛應該都消失了。

快樂，是會傳染的，我覺得通體舒暢，這夜

真是迷人啊！

章淳怡如果在就更好了！

◇ ◇ ◇

我已經忘了昨晚是到何時結束，隱隱約約記得我是在屋前的椅子上睡著了，姑婆還拿她的圍巾為我蓋著肚子。

可是早上醒來時，我是睡在二樓的床上。

我匆匆忙忙的衝下樓，一醒來就緊張兮兮，擔心爸媽比我早醒，擔心動物們像之前一樣，還在樓下打掃或喝茶。我已經因為煩惱而出一身汗了。

一下樓，發現樓下很安靜，只有姑婆坐在她的書桌前，看起來是在寫作。

我鬆了一口氣。

「醒了！」姑婆低著頭，認真盯著電腦螢幕，手都沒有停。

「嗯……」我挨到姑婆身旁，想問她：「他們呢？」

「別跟我講話！」姑婆出言制止我打擾。

「木鑰匙……」好奇心通常都很強大，很難不脫口而出，我急著吐出了三個字，自己才打住。

「再給我半小時，我的童話要收尾了！」姑婆說。

既然她都這樣說了，我想，也不差這麼一點時間。

我跑去陶罐前，用手撈了撈裡面，沒有木鑰匙，我再跑去搬了一把椅子，站高探頭往裡面看，真的沒有木鑰匙。

姑婆該不會是給他們了吧？

爸爸和媽媽走下樓，一見到他們，我又以飛快的速度趕緊先跑到門外張望了一下，「呼，無影無蹤！」確認門外沒有動物，然後才跑回他們前面，跟他們比了一個安靜的手勢，引導他們到廚房，小聲的對他們說：「姑婆在寫故事，快結束了，先別跟她講話。」

媽媽點點頭，小聲的叫爸爸去煮咖啡。

我們一家三口在廚房準備早餐，咖啡的香味和烤麵包的焦味，是在城裡很難體會的，媽媽哼著歌，爸爸也跟著哼，我的雙腳在椅間擺動揮舞，難得那麼悠哉享受早晨時光。

媽媽突然想起了什麼，湊到爸爸旁邊問：「昨晚是不是有很多人來？」

「有嗎？」爸爸抓了抓頭，努力回想。

「你們兩個喝醉了啦！一直胡言亂語。」我使出了先發制人的方法，趕緊發出聲明，定調為他們自己喝醉，腦袋亂了。

「應該是醉了！」媽媽心情好，沒有防備的心，自然而然變得很單純、沒心眼。

「好久沒那麼嗨了，山上真好！」爸爸一邊說，一邊舔著手指頭上的花生醬，「我們以後常來吧！」

「那要問姑姑啊！」媽媽說。

就在我們剛將早餐準備好，姑婆也完成了她的童話，她闔上電腦，心滿意足的走到餐桌來吃早餐。

「好久沒有一起用早餐了，好棒！」姑婆說。

我迫不及待的想繼續木鑰匙的話題，但是我不能在這餐桌上提問。

姑婆應該看到我的眼神了，在我的背上輕輕按了一按，說：「解決了！」

爸爸和媽媽對於姑婆的解決，應該是聽成將童話完成解決了，每個人聽到的雖然都一樣，但是理解就各自表述了。我鬆了一口氣，覺得心中的大石頭終於卸下。但是所謂的解決，是已經將木鑰匙歸還森林了嗎？

那麼，我再也沒有機會穿越時空了。

6 全世界最棒的財產

從山上回家後，我一直沒能跟姑婆好好說說話，那個存在我心裡的疑問，也一直想找時間問清楚。雖然有LINE，但是我畢竟是個小孩，我早就懷疑我的媽媽在我手機或電腦有裝監控系統，偶爾，其實他們也會假裝若無其事的來翻看我的手機，所以，這類的事情，還是不能在網路上透露才好。

終於等到有一天，爸爸說要為姑婆辦個生日會，媽媽沒好氣的回他：「要辦就叫外燴，我可不想扮演煮飯婆！」

爸爸很聽老婆的話，先跟姑婆商量好時間，還打電話邀請了他哥哥全家。

這一天，我們還是全家出動，準備到姑婆家大吃特吃，媽媽出門時還事先表明她不洗碗的立場，爸爸聽了哈哈大笑，取笑媽媽得了失憶症，「有洗碗機器人啦！」爸爸自鳴得意的說。

到了姑婆家，一進門就發現姑婆在客廳的桌上，擺了好多東西。

「吃飯前，我有事情要跟你們商量！」姑婆這一天穿得比之前更加華麗，連頭髮上都別了幾朵蝴蝶髮飾，手上十隻指頭，除了大拇指，有八隻指頭都戴著戒指。

隨然我們都很習慣她的奇異裝扮，例如蕾絲啊、叮叮咚咚的裝飾物啊，但是我沒見過她這麼誇張、華麗的模樣；姑婆這一身蕾絲服飾極盡誇張，還點綴了不少水鑽和珍珠；這個模樣跟在山屋六汗會時期，那清純的模樣實在差太多了，雖然衣著上都有蕾絲的裝飾，但山上穿的衣著那種蕾絲看起來只是夢幻，沒有那麼強烈的奢華感。

「姑姑，你今天是把所有家當都戴上了嗎？」媽媽一進門就語出驚人的說。

「呵呵，還好啦，」姑婆沒有生氣也沒有特別高興，只是輕描淡寫的回應。她繼續說：「等倫倫來，再一起講吧！」

我喜歡的大人，就是無論對待大人小孩沒有差別心，面對所有人都是一致的態度。姑婆可能一直在為兒童創作，心地善良，她自己就像個天真的孩子，說話直白、乾淨俐落。

「你有跟倫倫說，請他全家一起出席嗎？」姑婆問爸爸。

「有啊！」

爸爸正在回答的時候，大伯正好進來。

他還是一人代表全家出席，理由當然跟之前八百次一模一樣。

「那好吧，沒來就不予理會了！」姑婆是個乾脆的人，直截了當的說。

我們全都聽從姑婆的話，圍著客廳茶几坐了一圈。

客廳的茶几上，有一封一封的文件堆疊著，還有好幾個珠寶盒和木盒，還有那把木鑰匙。

我眼睛猛盯著木鑰匙，眼珠子差點沒飛奔出來，心情大好。

我們每個人都面對著茶几坐著，我很謹慎的緊握著自己的雙手，兩手互相牽制、提醒不能衝動，千萬別出手去碰那把我朝思暮想的木鑰匙。

大伯一坐下，就伸手拿起那把木鑰匙看，我心一驚，不知該如何是好，但是沒幾秒時間，他面露嫌惡的表情，又把木鑰匙丟回桌上原位。

「今天，我要趁這機會分配財產！」姑婆一坐定，馬上語出驚人的說出這句話。

「姑姑……」爸爸很沒用，竟然吃驚的大叫。

大伯很鎮定，但是可以看出他的眼睛閃閃發亮、炯炯有神。

媽媽握著我的手，直直的看著爸爸。

「這次生病，讓我察覺很多事情……」姑姑才說了兩句，大伯突然伸手要取桌上的文件看，姑婆示意他將手收回，繼續說：「你們都是我最親的人，有些東西，我想在現在分送給你們……」

大伯的手又往桌上伸去，姑婆再度制止他，姑婆要他先聽她把話說完。

現在桌上的東西，有房契、地契、股票，以及一些珠寶等等的物品，價值不會相等，每個人會有自己的需求和願望，每個人在意的點不同，也會有各自的價值觀，有的人永遠不滿足，這世界上沒有所謂的公平與不公平。

「有來的人，一人可取走桌上的一份……但是不能先看內容！」姑婆說。

大伯一聽完，動作非常迅速，先是從桌上取了四份文件，後來又快速的用其中一份文件換了一個最大的珠寶盒。手上的三份文件，他顯得有點猶豫不決，因為不能先看裡面的內容，所以不知道自己選的是什麼，他一直在那邊換來換去。

「是一人一拿一份！」媽媽沒好氣的對大伯說！

「我們一家四口人，他們都是姑姑的至親，當然都有份！」大伯理直氣壯的說。

「是『有來的人』，他們在哪？」我都被他的行為給激怒了，忍不住要為姑婆出聲。

「好吧，如果倫倫拿了四份，那阿德一家也能拿四份！」姑婆為了緩和僵局，突然這樣決定。

既然我也有一份，我當然是拿木鑰匙囉！

我把木鑰匙抱在胸前，大伯一看我拿木鑰匙，還指著我笑，好像認定我很傻。

爸爸和媽媽也是猶豫不決，不知道該取什麼。

「真的要這樣嗎？」媽媽不時轉頭問姑婆，姑婆一直對她保持微笑，擺手要媽媽隨自己心意拿想拿的。

最後，媽媽拿了一份文件。

爸爸也拿了一份文件和一個他記憶中還有印象的木盒，他說那是奶奶的木盒，具有紀念價值。

爸媽見我手上緊握木鑰匙，沒有多問、也沒有異議，尊重我個人的決定。

「大家都選好了，人各有命，每個人都要順從自己的命運。」姑婆很滿意自己設下的「選財產」的遊戲，她將其他沒有被選中的，先放進一個箱子，然後指揮大家準備開飯。

見到大伯急著要打開文件，她又說：「等你們回家後再打開吧！」

大伯應該是吃不下飯了，但是他不敢馬上離開，因為他看到姑婆箱子裡還有很多份未分完的，擔心自己一走，姑婆將其他的都分給我們了，那他豈不就虧大了。

我也興奮得吃不下飯，因為我得到我日思夜想的木鑰匙了。

飯桌上，砂鍋熱騰騰，每個人的心也都熱騰騰。

但是只有姑婆一個人吃得心滿意足。

◇　◇　◇

我握著我的木鑰匙，這是一把曾經帶我穿越平行時空的魔法鑰匙，既然能回到過去，那是否也能回到未來呢？

要返家前，姑婆在我耳邊說了一句話：「魔法，其實在你心裡！」

那是什麼意思呢？

先前從動物們的對話，我知道自己還不夠成熟，不配擁有這木鑰匙，我不知道這把木鑰匙是否還是跟之前一樣，擁有穿越時空的魔力，但是我得到了我最想要的，雖然擁有，但是不一定非要啟用它。

我打從心底想要保護那座森林，我知道總有一天，我也能變成森林裡動物們信任的大人，就跟姑爺爺當年一樣，慢慢取得動物的信任和友誼，和大家自在的在山裡過日子。

章淳怡一定會欣賞這樣的我，我有好多故事想慢慢跟她分享。

在回家的路上，爸爸跟媽媽兩人顯得既忐忑，又充滿興奮。

「以後我們是不是不用工作了？」爸爸說。

「可以開始去環遊世界了嗎？」媽媽說。

「可是我還要上學耶！」我說。

爸爸和媽媽一回到家，脫下鞋，就迫不及待的要打開文件封和木盒，一解好奇的心。

爸爸的木盒裡，全是奶奶以前的珠寶，還有奶奶的奶奶留下的珍珠。爸媽抽取到的文件，一份是姑婆現在住的房子的所有權，一份是外國債券。他們知道這些都是很棒的財產，無論是什麼，能夠得到就都是福氣。

「我們現在是超級有錢人了！」爸爸說。

「不動產的意思就是不能動吧！」媽媽說。

姑婆住的房子當然不能隨意亂動，至於外國債券，就還是放在銀行吧！

「我們還是乖乖上班過日子比較實在吧！」爸爸笑著說。

「最棒的財產就是全家平安健康！一家人都在身邊。」媽媽抱著爸爸，對著我也又親又抱的。

大伯拿到了什麼呢？我們一點都不好奇，只是為山上的土地和別野擔心，希望別如他的意，輕易讓他取得那片山。

那天晚上，我收到了姑婆的LINE：「你選了木鑰匙，山，交給你了！」

我把LINE訊息給了爸爸和媽媽看，他們笑著說：

「天呀，人不可貌相，不起眼的一把鑰匙原來是打開山的鑰匙！」

「那我們就多往山裡跑了！」

「以後，山跟姑婆，都交給我們照顧了！」爸爸語重心長的說，突然，肩上的擔子似乎又重了一層。

但是這是開心的重量，我們一家可以一起承擔。

我本來擔心晚上會睡不著，我抱著木鑰匙，一直聞著那木頭的香氣，我想像當年姑爺爺的手曾經握著的模樣，也回憶他種樹的樣子，他與姑婆兩人在山林裡工作的模樣，互相手牽手深情對望的模樣，一直深深烙印在我腦海中。

我拿出了一張白紙，用鉛筆將木鑰匙的形狀與紋路拓印下來，我要用這製作成一張卡片送給章淳怡，我輕輕的在拓印的背面寫下：

「希望你好好保存這紙鑰匙，跟我一起當永遠的好朋友……」

夢，慢慢的襲來，山，也來到了我的夢裡，寂靜而遼闊。

我問貓頭鷹：「木鑰匙還有魔法嗎？」

貓頭鷹好像說：「只有山知道！」

我睡得熟而甜美，祕密，藏在山裡！

後記

住在郊區的我，經常在山裡走路，走路的時候除了放空，也會冒出許多天馬行空的視角；更多時候，我是帶著警覺的，因為這一兩年山上的猴子經常成群出沒，偶爾會在樹梢上跳躍，不知是在跟我打招呼，還是在跟我說我打擾到牠們了；我還曾與山豬的聲音巧遇，所以我經常帶著耳朵與眼睛、鼻子，在山林裡走路，其實我的內心既想遇到牠們，又很害怕遇到牠們。

我們經常很矛盾，想要舒適的生活卻又想擁有大自然，想要自然環境卻又懼怕森林裡的蟲蛇野獸，我們在山裡吸收了芬多精、健身又伸展了筋骨，從山與森林裡獲得了我們想要的舒爽，但是我們曾經為「山」作了什麼呢？

寫這個故事，是我從編輯工作退役後，自在的拾起筆，開啟自由創作生涯的第一個完整的長篇故事，也是我人生第一個寫了四萬五千字的故事。每天起床後，煮了咖啡就開起書房的窗戶和電腦，很認份的書寫，腦袋中總會冒出很多奇怪的故事，很享受的優游在想像的世界裡。我時常仰望窗前的樹，經常來訪的鳥成了我眼睛休息的好朋友，有時候同一棵樹，不同的鳥接連來訪，好像說好了似的，分別過來探視我有沒有偷懶。雖然過著不用打卡的時光，卻因自律性太強，若無外出活動，經常寫著寫著，就差點忘了為家人煮晚餐了。

這個故事的起源，是有個親戚的孩子對我說：

「你是我喜歡的大人！」

因為這句話，我想了很久，到底我們是怎樣的大人呢？而孩子自己本身喜歡現在的自己嗎？

所以我塑造了一位我心目中很親近孩子、也很親近自己內心的姑婆，還有一位在成長階段，與自己內在相遇的孩子；每個人總是在經歷中成長學習面對自己，我也在這個故事裡與自己不斷對話。

這是一個孩子與森林的故事，也是一個發掘自我的旅程。

到底人生中，什麼才是最珍貴的呢？

我在一個電視節目中看到以前有幾位大學生因為很喜歡山，彼此都是登山社成員，後來有人工作發達了，就在山頂上蓋了一間屋，讓大學時期的夥伴能經常在山上相聚，這是我若有能力也很想作的事情，於是，我將心中的盼望放在故事裡的一部分，期望可以招募好友們一起種樹、護木。在這個願望未實踐前，其實我們可以先關愛身邊的朋友與環境，從能作的小事做起。

這個世界最大的是海洋，比海洋更大的是宇宙，比宇宙更大的是人的心。一山自有一山高的道理，讓我們時時充滿著夢想，事事都要謙卑以對。

故事最後結尾中的一小段：

我握著我的木鑰匙，這是一把曾經帶我穿越平行時空的魔法鑰匙，姑婆說：「魔法，其實在你心裡！」雖然擁有，但是不一定非要啟用它。

謝謝九歌文教基金會以及這次文學獎的評審委員，人生本來就需要割捨，因為很想創作，所以毅然決然的從喜歡的編輯崗位退休，選擇創作的路走，但是開始創作，難免也會擔心自己是否真的能創作，九歌的獎就像故事裡的木鑰匙，點亮了我創作路的一點光，給了我一些信心，我會珍惜這個魔法，繼續努力。

　　如果你們喜歡這個故事，請告訴我，因為阿立跟姑婆，還有六汗會，他們還有很多故事想跟大家分享，希望有機會可以繼續延續。

黃惠鈴　於二〇二一年十二月

九 歌 少 兒 書 房 2 8 6

如果山知道

國家圖書館出版品預行編目 (CIP) 資料

如果山知道 / 黃惠鈴著 ; 王淑慧圖 . -- 初版 . --
臺北市 : 九歌出版社有限公司 , 2022.02
面 ; 公分 . -- (九歌少兒書房 ; 286)
ISBN 978-986-450-406-0(平裝)
863.596 110022399

作 者——黃惠鈴
繪 者——王淑慧
責任編輯——鍾欣純
創 辦 人——蔡文甫
發 行 人——蔡澤玉
出 版——九歌出版社有限公司
臺北市 105 八德路 3 段 12 巷 57 弄 40 號
電話／02-25776564・傳真／02-25789205
郵政劃撥／0112295-1

九歌文學網 www.chiuko.com.tw

印 刷——晨捷印製股份有限公司
法律顧問——龍躍天律師 ・ 蕭雄淋律師 ・ 董安丹律師
初 版——2022 年 2 月
定 價——280 元
書 號——0170281
I S B N——978-986-450-406-0
9789864504039（PDF）